溫夫人的扇子

LADY WINDERMERE'S FAN

OSCAR WILDE 王爾德 著　　余光中 譯

目錄

反常合道之為道

——《王爾德喜劇全集》總序

王爾德匆匆四十六年的一生，盛極而衰，方登事業的顛峰，忽墮惡運的谷底，令人震驚而感歎。他去世迄今已逾百年，但生前天花亂墜的妙言警句，我們仍然引用不絕，久而難忘。我始終不能決定他是否偉大的作家，可否與莎士比亞、狄更斯、巴爾扎克、托爾斯泰相提並論，但可以肯定，像他這樣的錦心繡口，出人意外，也實在百年罕見。

一八五四年，奧斯卡．王爾德生於都柏林，父親威廉是名醫，母親艾吉簡（Jane Francisca Elgee）是詩人，一生鼓吹愛爾蘭獨立。他畢業於都柏林三聖學院後，又進入牛津大學的馬德琳學院，表現出眾，不但獲得紐迪蓋特詩獎，還受頒古典文學一等榮譽。前輩名家如羅斯金與佩特都對他頗有啟發。

王爾德尚未有專著出版，便以特立獨行成為唯美派的健將，不但穿著天鵝絨外套，襯以紅背心，下面則是及膝短褲，而且常佩向日葵或孔雀羽，吸金嘴紙煙，戴綠背甲蟲的指環，施施然招搖過市。他對牛津的同學誇說，無論如何，他一定要成名，沒有美名，也要罵名。他更聲稱：「成名之道，端在過火。」（Nothing succeeds as excess.）

一個人喜歡語驚四座，還得才思敏捷才行。吹牛，往往淪為低級趣味。誇張而有文采，就是藝術了。王爾德曾說，他一生最長的羅曼史就是自戀。這句話的道理勝過佛洛依德整本書。我們聽了，只覺得他坦白得真有勇氣，天真得真是可愛，卻難以斷定，他究竟是在自負還是自嘲。他最有名的一句自誇，是出於訪美要過海關，關員問他攜有何物需要申報。他答以「什麼都沒有，除了天才。」這件事我不大相信。王爾德再自負，也不致如此輕狂吧？天才者，智慧財產也，竟要報關，豈不淪為行李，太物化了吧。換了我是關員，就忍不住會敬他一句：「那也不值多少，免了吧！」

王爾德以後，敢講這種大話的人，除了四披頭的領隊藍能（John Lennon），恐怕沒有第三人了。從一八九二年到一八九五年，王爾德的四部喜劇先後在倫敦上演，都很成功，一時之間，上自攝政王下至一般觀眾，都成了他的粉絲。倫敦的計程車司機都會口傳他的名言妙語。不幸這時，他和貴家少年道格拉斯之間的同性戀情不知收斂，竟然引起緋聞，氣得道格拉斯的父親昆司布瑞侯爵當眾稱王爾德為「雞姦佬」。王爾德盛怒之餘，逕向法院控告侯爵，又自恃辯才無礙，竟不僱請律師，親自上庭慷慨陳辭。但是在自辯過程中他卻不慎落進對方的陷阱，露出自己敗德的真相。同時他和道格拉斯之間的情書也落在市井無賴的手中，並據以敲詐贖金。王爾德不以為意，付了些許，並未清斷。於是案情逆轉，他反而變成被告，被判同性戀有罪，入獄苦役兩年。喜劇大師自己的悲劇從此開始，知音與粉絲都棄他而去，他從聚光燈的焦點落入醜聞的地獄。他的家人，妻子和兩個男孩，不得不改姓氏以避羞辱。他也不得不改姓名，遁世於巴黎。高蹈倜儻的唯美大師，成了同性戀者的首席烈士。

十九世紀的後半期，王爾德是一位全才的文學家，在一切文類中都各有貢獻。首先，他是詩人，早年的作品上承浪漫主義的餘波，並不怎麼傑出，但是後期的《列丁獄中吟》（*The Ballad of Reading Gaol*），有自己坐牢的經驗為印證，就踏實而深刻得多，所以常入選集。詩中所詠的死囚，原為皇家騎兵，後因妒忌殺妻而伏誅。

在童話方面，王爾德所著《快樂王子》與《石榴屋》，享譽迄今不衰。

小說方面，他的《朵連．格瑞之畫像》（*The Picture of Dorian Gray*）描寫一位少年，生活荒唐卻長保青春，而其畫像卻日漸衰老，最後他殺了為他畫像的畫家，並刺穿畫像。結果世人發現他自刺身亡，面部蒼老不堪；畫像經過修整，卻恢復青春美儀。此書確為虛實交錯之象徵傑作，中譯版本不少。

戲劇方面，在多種喜劇之外，王爾德另有一齣悲劇《莎樂美》（*Salomé*），用法文寫成，並特請法國名伶伯恩哈特（Sara Bernhardt）去倫敦排練，卻因劇情涉及聖徒而遭禁。所以此劇只能在巴黎上演；而在倫敦，只能等到王爾德身後。劇情是希蘿迪亞絲棄前夫而改嫁猶太的希律王，先知施洗約翰反對所為，被囚處死。希蘿迪亞絲和前夫所生女兒莎樂美，在希律王生日慶典上獻演七重面紗之舞，並要求以銀盤盛先知斷頭，且就吻死者之唇。這真是集死亡與情欲之驚悚悲劇，正投合王爾德的病態美學：「成名之道，端在過火。」

最後談到王爾德這四部喜劇。最早譯出的是《不可兒戲》，在香港。其他三部則是在高雄定居後譯出的。每一部喜劇的譯本都有我的自序，甚至後記，不用我在此再加贅述。在這篇總序裏我只擬歸納出這四部喜劇共有的特色。

首先，這些喜劇嘲諷的對象，都是英國的貴族，所謂「上流社會」。到了十九世紀後半期，英國已經擴充成了大英帝國，上流社會坐享其成，一切勞動全賴所謂「下層社會」，卻以門第自豪，看不起受薪階級。這些貴族大都閒得要命，只有每年五月，在所謂社交季節，才似乎忙了起來，也不過忙於交際，主要是擇偶，或是尋找女婿、媳婦，或是借機敲詐，或是攀附權勢，其間手腕犬牙交錯，令人眼花。

其次，這些喜劇在布局上都是傳統技巧所謂的「善構劇」，劇情的進展要靠多次的巧合來牽引，而角色的安排要靠正派與反派、主角與閒角來對照互證。每部喜劇的氣氛與節奏，又要依附在一個秘密四週，那秘密常是多年的隱私甚至醜聞。秘密未洩，只算敗德，一旦揭開，就成醜聞。將洩未洩，欲蓋彌彰之際，氣氛最為緊張。關鍵全在這致命的秘密應該瞞誰，能瞞多久，而一旦揭曉，應該真相大白，和盤托出，還是半洩半瞞，都要靠高明的技巧。王爾德總是掌控有度，甚至接近落幕時還能翻空出奇，高潮迭起。

紙包不住火，火苗常由一個外客引起：《溫夫人的扇子》由歐琳太太闖入；《不要緊的女人》由美國女孩海斯特發難，也可說是由私生子傑若帶來；《理想丈夫》則由「撈女」敲詐而生波；《不可兒戲》略有變化，是因兩位翩翩貴公子城鄉互動，冒名求婚而虛實相生。如果沒有這些花架支撐，不但劇情難展，而且，更重要的，王爾德無中生有、正話反說的雋言妙語，怎能分配到各別角色的口中成為台詞？

這就講到這些喜劇的最大特色了。唇槍舌劍，怪問迅答，天女散花，絕無冷場，對話，才是王爾德的看家本領，能夠此起彼落，引爆笑聲。他在各種文類之間左右逢源，固然多才多藝，而在戲台對話的文字趣剋（verbal tricks）上也變化多端，層出不窮。從他的魔帽裏他什麼東西都變得出來：雙關、雙聲、對仗、用典、誇張、反諷、翻案，和頻頻出現的矛盾語法（或稱反常合道），令人應接不暇。他變的戲法，有時無中生有，有時令人撲一個空，總之先是一驚，繼而一笑，終於哄堂。值得注意的是：驚人之語多出自反派角色之口，但正派角色的談吐，四平八穩，反而無趣。

王爾德的錦心繡口，微言大義，歷一百多年猶能令他的廣大讀者與觀眾驚喜甚至深思。阿根廷名作家博而好思（Jorge Luis Borges）在〈論王爾德〉一文中就引過他的逆轉妙語：「那張英國臉，只要一見後，就再也記不起來。」博而好思論文，眼光獨到，罕見溢美。他把王爾德歸入約翰生（Samuel

Johnson）、伏爾泰一等的理趣大師，倒正合吾意，因為我一向覺得王爾德「理勝於情」。博而好思又指出，這位唯美大師寫的英文非但不雕琢堆砌，反而清暢單純，絕少複雜冗贅的長句，而且用字精準，近於福樓拜的「一字不易」（le mot juste）。這也是我樂於翻譯王爾德喜劇的一大原因。

余光中

二〇一三年九月於西子灣

一笑百年扇底風

——《溫夫人的扇子》百年紀念

一

在西方的戲劇家裏，王爾德不能算是偉大，但是像他那樣下筆絕無冷場，出口絕無濫調的作家，卻也罕見。王爾德的劇本，無論是在臺上演出，或是在臺下閱讀，都引人入勝而欲罷不能。最可驚的，是他的四齣喜劇、一齣悲劇，不但全都在四年內完成，而且喜劇當年在倫敦首演，無不轟動。這樣的風光當然也極少見。

同樣可驚的，是王爾德的劇本都是乘他出外度假，在一個月內寫成，而且人物的命名也就地取材。例如他的第一本喜劇《溫德米爾夫人的扇子》（*Lady Windermere's Fan*），主角的名字正是就地拈來，因為當時他正在英國北部湖區的溫德米爾度假。

王爾德開始寫劇本，是在一八九一年，已經三十七歲了。在此之前，他的才情只見於詩集、童話、小說，如果就此擱筆，他的成就也有限了。幸好那年，傑出而年輕的演員亞歷山大（George Alexander）剛接任聖傑姆斯戲院的經理，需要新的劇本。他認為王爾德出口成章，下筆成趣，妙語不絕，是寫喜劇的無上人選，竟然押寶似地，預付了王爾德一百鎊的版稅，請他寫一齣「現代喜劇」。王爾德欣然接受，卻懶洋洋地拖了好幾個月。他對於當代的劇作家全瞧不上眼，曾說皮內羅（Arthur Pinero）的某劇是他「從頭睡到尾的最佳劇本」，又說「寫劇本有三個信條。第一條是不要寫得像瓊斯（Henry Arthur Jones）；第二條跟第三條也是如此。」所以他必須親自出手來示範一下。於是那年秋天他把《溫夫人的扇子》交卷給亞歷山大。

一讀之下，亞歷山大立刻斷定這齣戲會叫座，願出一千英鎊買下劇本。不料王爾德卻答道：「我對你高明的判斷深具信心，親愛的亞歷克，所以你慷慨的出價我不得不拒絕。」他的自信並未落空，因為單單是初演就賺了七千鎊版稅。

一八九二年二月二十日，距今恰恰一百年前，《溫夫人的扇子》在倫敦聖傑姆斯劇院初演，即由亞歷山大自演溫德米爾勳爵，瑪蓮・泰莉（Marion Terry）演溫夫人，轟動了劇壇。自從謝里丹的喜劇傑作《造謠學校》以降，一百二十年間，英國的劇壇上沒有一齣戲可與匹敵。戲一落幕，觀眾就高呼要作者謝幕，采聲不絕。王爾德指間夾著香煙，笑容滿面地出現在臺上，對觀眾說道：

各位女士，各位先生：今晚我「非常」高興。演員們把一齣「可愛」的戲演得這麼「動人」，而你們看戲的表現也「極為」內行。我祝賀你們的演出「十分」成功，簡直令我相信，你們對這齣戲的評價「幾乎」跟我的一樣子高。

這麼自負的話，觀眾在興奮之餘照樣欣然接受。不過劇評家卻大不高興，紛紛予以惡評。也許王爾德早就得罪過他們了，因為謠傳有一次有人對王爾德說，劇評家都可以花錢買通的，他的回答是：「也許你說得沒錯。但是憑他們的樣子，大半都不會怎麼貴吧。」

王爾德的新戲成了倫敦的新話題，戲中的警句也到處被引。他對人說：「比起《溫夫人的扇子》的作者來，也許還有更聰明的人，果真如此，可惜我還沒有遇到一位。」又有人問他，上演的情況如何，他說：「好極了，聽說每晚都有皇親國戚沒票進場。」

這時正是王爾德的顛峰時期，溫夫人熱還未退，他已經寫好另一本劇，一本用法文寫的獨幕悲劇，叫《莎樂美》。法國的當紅名伶莎拉．伯恩哈特（Sara Bernhardt）讀了劇本，十分欣賞，表示願演女主角，卻不幸因為此劇涉及聖經人物，竟遭官方禁演，直到王爾德死後三十一年，英文譯本才在倫敦演出。

但是其他的三齣喜劇，依次是《不要緊的女人》、《理想丈夫》、《不可兒戲》，卻在三年內陸續首演，無不叫座。等到最後的一齣《不可兒戲》在一八九五年的情人節（二月十四日，聖范倫丁日）首演時，《理想丈夫》已經在另一戲院續演了一個多月。這種盛況對任何劇作家來說，恐怕都是可遇而不可求，應在自負的王爾德身上，可以想見有多顧盼自雄了。《不可兒戲》當日的盛況與傳後的地位，我在自己中譯本的序言〈一跤絆到邏輯外〉裏已有記述，茲不再贅。至於《理想丈夫》，在皇家戲院首演之夜也風靡了觀眾，威爾斯親王在劇終更向王爾德道賀。因為戲長四小時，王爾德表示要刪去數景，親王連忙說：「求求你，一個字也不要刪。」

二

王爾德的喜劇上承康格利夫與謝里丹，都是譏刺上流社會的所謂「諷世喜劇」（comedy of manners），其中的場景多在貴族之家，地點多在倫敦或其近郊，時間多在社交季節，亦即初夏，人物當然多屬上流社會，事件則當然是紳士淑女之間的恩怨，金童玉女之間的追逐，輕鬆的不過虛榮受損，嚴重的卻是名節蒙羞，衣香鬢影與俐齒伶牙往往掩飾著敗德與陰謀。

若是以為王爾德意在勸善規過，移風易俗，那又錯了。道學家，是他最不屑擔當的角色。他最著力挖苦的，毋寧正是道學家的嘴臉：假道學固不必說了，就算是真道學吧，也每每失之於苛嚴、刻板、不近人情。是非之別，正邪之分，不是王爾德所關心，因為這種分別往往似是而非。他所關心的，卻是真誠與虛偽，自然與造作，倜儻瀟灑與迂腐拘泥。

王爾德喜劇中的人物非愚即誣，罕見天真與誠實的角色。他是一位天生的諷刺家，對一切的價值都表示懷疑，所以他的冷嘲熱諷對各色人等一視同仁。許多單向的諷刺家立場鮮明，目標固定，似乎敢恨敢愛，是非判然，極終的真理已經在握，到頭來其實是為某一種人、某一政黨、某一教派、某一階級在發言。王爾德的諷刺卻是多元而多向的：他的連珠妙語、翻案奇論固然十九都命中上流社會的虛妄，但是回過頭來，他也不會輕易放過下層社會的弱點。同樣地，上一句他剛挖苦過婚外的變態，下一句筆鋒一轉，又會揶揄夫婦的正規；上一段剛消遣過外國人，下一段勁球反彈，又會打中自己的同胞。這才是真正的諷刺家，以人性為對象，而不是革命家、宣傳家，以某一種人為箭靶。

《溫夫人的扇子》是王爾德的第一本喜劇，所探討的主題是上流社會的定義，說得具體一點，便是淑女與蕩婦之別。王爾德的答案是：難以區別。要做淑女或蕩婦，往往取決於一念之差。未經考驗的淑女，也許就是潛在的蕩婦。眾口相傳的蕩婦，卻未必是真正的蕩婦。換一句話說，天真的女人不一定好，世故的女人也不一定壞。同時，未經世故的女人習於順境，反而苛以待人；而飽經世故的女人深諳逆境，反而寬以處世。在《溫夫人的扇子》裏，母女兩人都陷入了這種「道德曖昧之境」（moral ambiguity）。

溫夫人的母親二十年前拋棄了丈夫和女嬰，隨情人私奔，不久又被情人所棄。二十年後，她得悉女兒嫁入了富貴人家，便立意把握機會，回到上流社會。她用自己的秘密威脅溫大人，勒索到一筆財富，又因溫大人的牽引，得以在自己的寓所招待體面人士，漸漸回到上流社會。她的最終目的，是在溫夫人二十一歲的生日舞會上正式露面，十分風光地成為名媛。她，便是閱盡滄桑的歐琳太太。

這一切，身為女兒的溫夫人全不知情，反而懷疑是溫大人有了外遇，委屈與憤恨之餘，竟然接受達林頓的追求，就在生日舞會的當晚，出走私奔。幸有歐琳太太苦口婆心，及時勸止，而未鑄成大錯。同時在緊要關頭，幸有歐琳太太巧為掩飾，才保全了她的名節。至此，做女兒的對這位「壞女人」的印象才全面改觀，因此對自己身為「好女人」的信心，也起了懷疑。這件事發生在溫夫人成年的生日，改變了她對別人和自己的評價，使她終於成熟。

第一幕裏的溫夫人，還是一位天真純潔的淑女，且以名教的維護者自許。達林頓追求她，調以游辭，她對達林頓說：「我是有幾分清教徒的氣質。我就是這樣子給帶大的，幸而如此。在我很小的時候，母親就去世了。我一直是由大姑媽茱麗雅小姐帶的，你知道。她對我很嚴，但是也教會了我人人都忘了的一樣東西，那便是，如何分辨是非。『她』不容妥協。『我』也絕不通融。」

當晚的生日舞會，溫大人希望邀請歐琳太太參加，溫夫人斷然拒絕。溫大人再三為她求情，溫夫人不為所動，而且高傲地說：「不准你把這女人跟我相提並論。這簡直是雅俗不分。」

到了第三幕，溫夫人面對自己的生母而全然不知，只當仍是面對「壞女人」歐琳太太，逕斥她道：「你這樣的女人根本沒良心。你根本沒有心肝。你跟別人只有買賣。」

凡此語調，都顯示溫夫人的道德優越感，和對於正邪之分的自信。不料自己婚姻受挫，情急私奔，瀕臨身敗名裂之際，卻要靠這麼一個俗氣的「壞女人」來及時勸告，並委曲保全。然則淑女與蕩婦之間，真的是截然可分嗎？溫夫人私奔達林頓的單身寓所，倉皇之間躲入幔後，卻把扇子留在沙發上，被賓客發現。若非「壞女人」歐琳太太挺身而出，承認是自己在舞會上誤取來的，溫夫人就完了。然則淑女與蕩婦之分，不在有沒有做過壞事，而在有沒有人知道嗎？

所以到了第四幕，溫夫人對於正邪判然的二分法，不再信心十足地堅持。以前是她丈夫為歐琳太太求情，而她大義凜然，絕不通融。現在卻輪到她來為歐琳太太辯護了，她反省說：「我恨不得在自己家裏當眾羞辱她。而她，為了救我，卻在別人的家裏當眾承擔羞辱。萬事萬物，都隱含辛酸的諷刺，世俗所謂的好女人和壞女人，正是如此……現在我可不相信，能把人分成善惡，儼然像兩種不同的種族或是生物。所謂好女人，也可能隱藏著可怕的東西，諸如輕率、武斷、妒忌、犯罪之類的瘋狂心情。而所謂壞女人呢，心底也會有悲傷、懺悔、憐憫、犧牲。」

三

王爾德是一位天生的諷刺家，一位嘲弄世俗笑傲名教的誅心論者。大凡諷刺家，都是反面的道德家，對於勸善規過、獎善懲惡之類並無多大興趣，倒是在善惡之間的模稜地帶，對於一些似是而非的美德，也就是偽善，既敏於識破，亦勇於揭穿。不過王爾德之不凡，在於他不但是一位諷刺家，同時還是一位唯美主義者，下筆諷刺的時候，也要講究風格，留下美感。一位唯美的諷刺家在出劍的時候，當會避免血污濺身，甚至留下的傷口也乾淨俐落，形象動人。所以欣賞王爾德的諷刺，與其看他在諷刺誰，不如看他怎樣諷刺。

王爾德的四部喜劇，始於《溫夫人的扇子》而終於《不可兒戲》。到了《不可兒戲》，他已經完全拋開了道德，甚至不理會主題，至於情節，也只留下了無可再簡的架子，維持精彩對話的藉口而已。但是在《溫夫人的扇子》裏，他還是有點拘泥於道德的主題，未能放手去馳騁想像，經營妙語，像《不可兒戲》那樣天馬行空。

論者指出，王爾德習於翻案文章，不宜正面立論，所以他在刻畫不純真的人物時，藝術表現最為純真，可是每當他劇中罕見的純真人物滔滔自白時，其藝術表現卻有點虛假的調子。按之《溫夫人的扇子》，正是如此。其實，正如王爾德的其他喜劇，此劇的佳勝不在主題，而在對話。錦心繡口如王爾德，有了事件穿針引線，只要把自己說過的妙語雋言，左右逢源地分配給他的人物，自然就舌劍唇槍，針鋒相對，聽眾如在山陰道上，也就應接不暇了。

早在《溫夫人的扇子》裏，匪夷所思的警句已頻頻出現於對白，不但當場激發觀眾的笑聲，而且日後廣被引述，終於把上下文完全擺脫，成為一切名言辭典爭錄的摘句，引述之頻，與蒙田、培根分庭抗禮。單憑這一點，就說明王爾德的才情，傳後率有多高了。

《溫夫人的扇子》傳後的警句沒有《不可兒戲》那麼多，因為起初王爾德還沒有完全拋開道德的包袱，筆下的人物總還有幾分正經，而警句呢，四平八穩的正經人是說不出的。到了《不可兒戲》，王爾德才渾然忘我，練成了邏輯不侵道德不役的自由之身，筆下的人物無一正經，於是以反為正、弄假成真的妙語乃如天女散花，繽紛而下。

《溫夫人的扇子》裏，有名的妙語警句也都是出於不正經的角色，所謂反派之口。其中最有名的一句，大概就是達林頓勳爵之言：「什麼東西我都能抵抗，除了誘惑。」這句話當然還有上下文，可是因為說得乾脆又俏皮，所以單獨摘出，仍然自給自足。其實達林頓還有一句話同樣精彩，卻比前句少人引用；且容我連同上下文一併錄出。達林頓對溫夫人說：「好人在世上壞處可大了。無可懷疑，好人的最大壞處，是把壞人擡舉得無比嚴重。把人分成好的跟壞的，本來就荒謬。人嘛只有可愛跟討厭的兩類。我是擁護可愛的這一邊的，而你呢，溫夫人，身不由己是可愛的一邊。」

柏維克公爵夫人也是一位怪論滔滔的角色，憑著她的身分與輩分，她當然可以口沒遮攔。她對溫夫人埋怨自己的家人，說起「我的兒子啊下流得離譜」。溫夫人說：「男人『個個』都壞嗎？」她答道：「哦，個個一樣，絕無例外。而且絕無起色。男人啊愈變愈老，絕對不會愈變愈好。」接著她又罵到丈夫，說他婚後不到一年，「已經在追求各式各樣的裙子了，什麼花色，什麼款式，什麼料子的都追。」

第三幕的後半場，眾紳士隨達林頓回到他的單身寓所，倉皇之間，溫夫人隱身幔後，歐琳太太躲進鄰室。在這緊要關頭，王爾德卻把情節懸而不決，讓幾個男人逞舌縱論一番。果然，口出妙語的都是不正經的人物，卻沒有溫德米爾的份，因為他太正經了。最有名的一段是這樣的：達林頓聽眾紳士大發駭世驚俗的議論，不禁罵道：「你們這批犬儒派的傢伙！」格瑞安問：「犬儒派是怎麼一回事啊？」達林頓答：「這種人什麼東西都知道價錢，可是沒一樣東西知道價值。」格瑞安接口：「而傷感派呢，什麼東西都看得出荒謬的價值，可是沒一樣東西知道市價。」

達林頓答話的原文是 A man who knows the price of everything and the value of nothing. 典型的譯者，公式的譯法，大概是「知道一切東西的價格卻不知道任何東西的價值的一個人。」這種譯法不但冗長，而且生硬，演員說起來也很難上口。王爾德筆下的對白如果都如此硬譯，就不成其為王爾德了。因此我譯《溫夫人的扇子》，不僅是為讀者，更是為演員與觀眾，正如以前我譯《不可兒戲》一樣。

四

對白當然是王爾德喜劇的靈魂，不過王爾德之為喜劇家，當然還有其他的能耐，劇名標出的扇子即其一端。

這把扇子是溫德米爾送給夫人的生日禮物，象徵著丈夫的恩情。不料外遇的陰影忽然襲來，溫夫人在盛怒之下，警告丈夫說，如果那女人竟敢來參加舞會，她就要揮扇痛擊。這麼一來，禮物就變成武器了。等到歐琳太太出現，溫夫人先是抓起扇子，旋又任其落地，卻由達林頓拾起，再遞給她。其中的含意繁富而且微妙：先是武器並未使用，然後是丈夫的愛情落了空，那愛之象徵卻被別的男人接過手去，又被怨婦接過手來。不久溫夫人幔後隱身，把扇子留在沙發上，被眾紳士發現，竟使丈夫蒙羞，同時也連累了歐琳太太。於是香扇又淪為羞恥的標記了。第二天早上，歐琳太太把扇子奉還，並且乘機要求溫夫人以扇相贈。至此扇子又添了新的意義：在溫夫人眼裏它象徵了歐琳太太相救之恩，但在歐琳太太眼裏，它卻成了女兒的紀念、母愛的寄託。扇之為用大矣哉。

戲劇而有秘密，往往是情節發展的關鍵，也就是經營懸宕的利器。可是對於劇中人物，誰有秘密，誰知道秘密，誰不知道秘密，都必須巧為安排。至於何時洩密，只洩漏給觀眾嗎，還是也洩漏給劇中的某一人物，卻是舞臺技巧的一大考慮。歐琳太太正是溫夫人的母親，這一點，除了做母親的自己知道之外，做女兒的始終不知道，其他人物也都茫然。只有溫德米爾勳爵是例外，因為這件事正是做母親的向女婿勒索的依據。

這天大的秘密已經守了二十年之久，卻在女兒生日的晚上造成了第二個秘密：那便是溫夫人私奔達林頓的私寓。這件事只有歐琳太太知情，其他的人，甚至她自己的丈夫，全都不知。

除了歐琳太太掌握一切秘密之外，劇中人物均有所蔽，而以追求歐琳太太的奧古斯都勳爵為尤甚。前述的兩大秘密，溫德米爾夫婦都「只知其一，不知其二」。奧古斯都卻毫無所知。王爾德最愛瞞人了，連臺下的觀眾千目炯炯，也要看到第二幕快結束才恍然大悟。

如果秘密是懸崖，則劇作家把不知情的劇中人，或是知情的臺下人，三番四次地推向懸崖邊上，就產生了高潮。

壞女人是誰？戲一開場這疑問，亦即秘密的面具，就推向觀眾。溫夫人翻開丈夫的存款簿，發現了丈夫的秘密，但並未揭開其後更大的、自己身世的秘密。發現表面的秘密，徒然升高懸宕感而已。

第二幕中歐琳太太出場，造成一大高潮。但這女人究竟是誰呢，仍是一大秘密。這秘密要到第二幕終她自己喃喃竊語時，才為觀眾揭開，但稍揭而未大開，猶未真相大白。

第三幕中，表面是純然男性的私聚，不料暗處正豎著女性的耳朵。奧古斯都坦承愛慕歐琳太太，沒想到她正在門後竊聽。達林頓暗示愛的是他人之妻，更未料到溫夫人在幔後。男人在亮處，女人在暗裏，只有達林頓是半明半暗，這微妙的情況，正逗樂觀眾發會心的微笑，香扇忽然變成危機的焦點，掀起又一高潮。至此觀眾心情也一變，成為擔心洩密。但突起的危機被突現的歐琳太太一句話就化解了。緊接著就落幕，高潮停格，劇力強勁。

第四幕的母女別，比起第三幕的扇子風波來，只能算是高潮的下坡，但浪花飛濺之勢仍頗有可觀。洩密的危機始終不斷。溫夫人心中孺慕的母親，與眼前真實的母親，形成截然相反的對比，這透明的間隔脆如玻璃，隨時會片片破裂。同時溫夫人淑女的形象，也未必包得下蕩婦的陰影，隨時有洩底的可能。她的丈夫幾乎要吐出母女的秘密，她自己幾乎要供出私奔的隱情，兩度到了懸崖邊上。最後，送罷歐琳太太回來，天真的奧古斯都竟說：「她把一切都解釋清楚了。」這真是令眾人大吃一驚：尤其是溫氏夫婦，丈夫以為母女之情已洩，妻子則以為私奔之情已漏，幸好只是一場虛驚。結果是一切秘密都沒有洩漏，一切名譽都沒有損傷，溫夫人有驚無險，歐琳太太重回上流社會的計畫完全成功。那壞女人，不，那聰明的女人，不但贏得了財富，恢復了地位，嫁到了丈夫，而且拯救了女兒，喚回了母性，連那把風情無限的扇子，都被她飄然帶走了。

那把扇子在危急的關頭，只有她出面認領，所以歐琳太太才是扇子的主人，也才是這齣喜劇的主角。我回頭去看作者，襟佩綠色康乃馨的王爾德，笑得十分蒙娜麗莎，不置可否。

一九九二年端午於西子灣

本劇人物

溫德米爾勳爵（即溫大人或亞瑟）
達林頓勳爵（即達大人）
奧古斯都・羅敦勳爵（即奧大人）
賽西爾・格瑞安先生
鄧比先生
霍波先生（即詹姆斯）
派克（管家）
溫德米爾夫人（即溫夫人或瑪格麗特）
柏維克公爵夫人（即柏夫人）

阿佳莎・卡萊爾小姐
普靈黛夫人（即普夫人或洛娜）
賈德保夫人（即賈夫人或凱羅玲姑媽）
史徒非夫人（即史夫人）
古伯・古伯太太（即古太太）
歐琳太太
羅莎莉（女僕）

本劇布景

第一幕　溫德米爾勳爵獨棟屋的起居室
第二幕　溫德米爾勳爵獨棟屋的客廳
第三幕　達林頓勳爵的套房
第四幕　與第一幕相同
時　間　現在
地　點　倫敦

劇中的情節始於星期二下午五時，終於次日下午一時三十分，不出二十四小時。

第一幕

布　景：卞爾登坡道，溫德米爾勳爵獨棟屋的起居室。正中與右方各有一門。臺右書桌上放著書報。臺左有沙發，配以小茶几。臺左落地窗外是露臺。臺右有桌。溫德米爾夫人站在臺右的餐桌旁，把玫瑰插進藍色的花鉢。派克上。

派　克：夫人您今天下午會客嗎？

溫夫人：會呀——是誰來了？

派　克：夫人，是達林頓大人。

溫夫人：（略為遲疑）帶他上來吧——誰來我都接見的。

派　克：是，夫人。

（從中門下。）

溫夫人：乘今晚舞會之前見他，最好。好在他來了。

（派克由中門上。）

派　克：達大人到。

（達林頓勳爵由中門上。派克下。）

達大人：溫夫人，您好！

溫夫人：達大人，您好！不行，我不能跟你握手。弄這些玫瑰，手全濕了。好漂亮的花啊！今早剛從賽爾比送來的。

達大人：美極了。（看見桌上有一把扇子）好漂亮的扇子！我可以看看嗎？

溫夫人：請吧。是漂亮啊！上面還有我的名字呢，應有盡有啊。我自己也剛才見到。是我丈夫送我的生日禮物。今天是我的生日，你知道嗎？

達大人：不知道，眞的呀？

溫夫人：眞的，今天我成年了。是我一生很重要的日子，對吧？所以我今晚要開舞會呀。坐下來吧。（繼續插花。）

達大人：（坐下）溫夫人，早知道是你的生日就好了。我就會在你門前把整條街都鋪滿鮮花，讓你走在花上。花呢天生是為你開的。（稍頓。）

溫夫人：達大人，昨晚在外交部我眞是氣你。只怕你今晚又要惹我生氣了。

達大人：我，溫夫人？

（派克領僕人端托盤與茶具由中門上。）

溫夫人：放在那兒，派克。行了。（用手帕擦手，走向臺左茶几，坐下）坐過來吧，達大人。

（派克由中門下。）

達大人：（端椅走到臺左中央）溫夫人，我好慘啊。你得告訴我，昨晚我怎麼啦？（坐在臺左茶几旁。）

溫夫人：哪，一整晚你天花亂墜，向我獻不完的殷勤。
達大人：（微笑）啊，這年頭大家都鬧窮。唯一可獻的好東西「只有」殷勤了。只剩下殷勤啊才「獻得起」囉。
溫夫人：（搖頭）不是的，我是說正經話。你不准笑，我可是當眞的。我不喜歡恭維，我也不明白，爲什麼男人以爲，憑他滿嘴有口無心的廢話，就能大討女人的歡心。
達大人：哦，我可是有心的。（接過她遞來的茶。）
溫夫人：（肅然）我希望你不是。達大人，我不願意跟你爭吵。我很喜歡你，你也知道。不過，要是我認爲你跟許多男人也一樣，就再也不喜歡你了。相信我吧，你比大多數的男人都好，我有時候還認爲你假裝比他們更壞呢。
達大人：我們都不免有點虛榮的，溫夫人。
溫夫人：爲什麼你的虛榮特別，是在裝壞呢？（仍坐在臺左的桌旁。）

達大人：（仍坐在臺左的中央）哦，這年頭混在上流社會裝好人的狂徒太多了，我倒認爲，誰要是裝壞人，反而顯得脾氣隨和，性格謙虛。此外還有一點。要是你裝好人，人人都把你當眞。要是你裝壞人呢，誰也不會相信。這正是樂觀主義可驚的愚蠢。

溫夫人：那你難道不「希望」大家都把你當眞嗎，達大人？

達大人：才不呢，我不管大家。哪些人是大家當眞的呢？從主教一直數到討厭鬼，凡我們想得起的笨蛋都是。我要的是「你」把我當眞，芸芸衆生最要緊是「你」。

溫夫人：爲什麼——爲什麼要我？

達大人：（猶豫了一下）因爲我認爲我們可以成爲好朋友。讓我們做好朋友吧。有朝一日你也許用得著朋友。

溫夫人：你說這話是什麼意思？

達大人：哦！——總有時候我們要靠朋友的。

溫夫人：我認爲我們已經是好朋友了，達大人。我們可以永遠做好朋友，只要你不——

達大人：不什麼？

溫夫人：不要盡對我說些想入非非的傻話，糟蹋了這份友誼。大概你認爲我是清教徒吧？不錯，我是有幾分清教徒的氣質。我就是這樣子給帶大的，幸而如此。在我很小的時候，母親就去世了。我一直是由大姑媽茱麗雅小姐帶的，你知道。她對我很嚴，但是也教會了我人人都忘了的一樣東西，那便是，如何分辨是非。「她」不容妥協。「我」也絕不通融。

達大人：我的好溫夫人！

溫夫人：（靠在沙發上）你只當我是趕不上時代了——哼，我是的呀！我才不稀罕跟這樣的時代爲伍呢。

達大人：你認爲我們這時代很糟嗎？

溫夫人：對。這年頭大家似乎把人生當做了投機。人生不是投機，而是聖典。人生的理想是愛。人生的淨化要靠犧牲。

達大人：（微笑）哦，無論做什麼，都比做犧牲品好吧！

溫夫人：（向前探身）別這麼說。

達大人：我偏要說。這是我的感受——我的心得。

（派克由中門上。）

派　克：僕人在問，夫人，今晚露臺上要不要鋪地毯？

溫夫人：達大人，你認爲今晚會下雨嗎？

達大人：你過生日，我不准天下雨。

溫夫人：派克，叫他們馬上動手。

（派克由中門下。）

達大人：（仍然坐著）那麼我要問你——當然，我只是假定有這麼一個例子——我要問你，如果有一對年輕夫婦，婚後大約兩年吧，要是那丈夫突然親近一個女人——唉，一個不清不白的女人——時常去看她，跟她一起午餐，說不定還供她的生活費用——我要問你，做妻子的難道不該自我安慰嗎？

溫夫人：（皺眉）自我安慰？

達大人：是呀，我認爲她應該——我認爲她有權這麼做。

溫夫人：就因爲丈夫下流——妻子也應該下流嗎？

達大人：下流這字眼太可怕了，溫夫人。

溫夫人：下流的勾當才可怕呢，達大人。

達大人：你知道嗎，我擔心的是，好人在世上壞處可大了。無可懷疑，好人的最大壞處，是把壞人擡舉得無比嚴重。把人分成好的跟壞的，本來就荒謬。人嘛只有可愛跟討厭的兩類。我是擁護可愛的這一邊的，而你呢，溫夫人，身不由己是可愛的一邊。

溫夫人：好了，達大人，（起身走向臺右，在他面前）你別動，我只要把花插完。（走到臺右中央桌旁。）

達大人：（起身搬椅）恕我直說，溫夫人，我認爲你對現代生活太嚴厲了。當然了，我也承認，現代生活很令人不滿。譬如說吧，這年頭呀好多女人都有點唯利是圖。

溫夫人：別提這種人了。

達大人：嗯，好吧，唯利是圖的人當然不堪，不說也罷；可是你當眞認爲女人要是犯了一般人所謂的過失，就絕不該饒恕嗎？

溫夫人：（站在桌前）我是認爲絕對不該。

達大人：那麼男人呢？你認爲女人該守的那套戒律，男人也應該守嗎？

溫夫人：當然了！

達大人：我覺得人生太複雜了，不能用這一套死板的規矩來解決。

溫夫人：要是我們眞用了「這一套死板的規矩」，就會覺得人生啊單純得多了。

達大人：你不准有例外嗎？

溫夫人：誰也不能例外！

達大人：啊，你這迷人的清教徒，溫夫人！

溫夫人：達大人，這形容詞大可不必。

達大人：我是情不自禁。什麼東西我都能抵抗，除了誘惑。

溫夫人：你這是學現代人冒充軟弱。

達大人：（注視著她）只是冒充而已，溫夫人。

（派克由中門上。）

派　克：柏維克公爵夫人和阿佳莎小姐到。

（柏維克公爵夫人和阿佳莎小姐由中門上。）

（派克由中門下。）

柏夫人：（走到臺中央，握手）親愛的瑪格麗特，眞高興見到你。你還記得阿佳莎吧？（走到臺左中央）你好嗎，達大人？我不會把女兒介紹給你的，你太壞了。

達大人：別這麼說，公爵夫人。做壞人嘛我是完全不成功。哪，好多人說，我這一輩子就沒有眞正做過一件壞事。當然了，他們也只是背著我這麼說。

柏夫人：你聽他多可怕。阿佳莎，這是達林頓大人。你要小心，他的話啊一句也別信他的。（達林頓勳爵走到臺右中央）不用了，我不喝茶，謝謝你。（走過去，坐在沙發上）我們剛才在馬克貝夫人家喝過茶。也有那樣的粗茶，簡直喝不下去。這也難怪。供茶的是她自己的女婿。阿佳莎一心一意在等候今晚的大舞會呢，瑪格麗特。

溫夫人：（坐在臺左中央）哦，公爵夫人，千萬別以爲是個大舞會。不過是爲了慶祝我的生日，跳一場舞罷了。規模又小，時間又早。

達夫人：（站在臺左中央）非常小，非常早，也非常挑，公爵夫人。

柏夫人：（坐在臺左沙發上）當然要精挑細選。瑪格麗特呀，「府上」怎麼「講究」，我們都很明白。不但能讓我帶阿佳莎上門，還讓我對柏維克絕對放心，像府上這樣的世家倫敦實在也不多了。我不懂上流社會是怎麼搞的。那一幫窮凶極惡的傢伙好像是無孔不入。我家的宴會他們當然也不放過——要是不請他們，那些做丈夫的還會大不高興呢。說眞的，總得有人來抵制才行。

溫夫人：「我」就會，公爵夫人。誰要是沾上什麼臭名，就休想進我的門。

達大人：（臺右中央）哦，溫夫人，別這麼說。否則我就再也進不來了！（坐下。）

柏夫人：哦，男人不算。女人就不同了。我們是正派的，至少有好些是正派。可是人家硬把我們往角落裏擠。要不是我們偶爾也數落丈夫，只爲了提醒他們，這麼嘮叨完全是我們合法的權利，做丈夫的呀眞會忘了還有我們這種人了。

達大人：婚姻這種遊戲，公爵夫人，也眞奇怪——打一個岔，這玩意兒快過時了——太太手裏拿著整副王牌，卻總是輸掉最後的變局。

柏夫人：最後的變局？你是說丈夫嗎，達大人？

達大人：拿來稱呼現代的丈夫，也不錯呀。

柏夫人：我的好達大人，你眞是無可救藥！

溫夫人：達大人總是不正不經。

達大人：哦，別這麼說，溫夫人。

溫夫人：那你「討論」人生為什麼這麼不正不經呢？

達大人：因為我認為人生太嚴重了，不可能正正經經來討論。（走到臺中央。）

柏夫人：他說些什麼呀？達大人，請你體諒我生性魯鈍，把你眞正的意思說明一下。

達大人：（走到桌後）我想還是不說明的好，公爵夫人。這年頭啊話說清楚了就會被人看穿。再見！（與公爵夫人握手）對了——（走到戲臺後方）溫夫人，再見。今晚我可以來嗎？讓我來吧。

溫夫人：（與達大人對立在戲臺後方）當然歡迎。不過不許你對人家盡說些騙人的蠢話。

達大人：（微笑）啊，你開始在改造我了。溫夫人，無論改造誰，都是件冒險的事。（鞠躬，由中門下。）

柏夫人：（早已起立，此時走到臺中央）好迷人的壞人啊！我眞是喜歡他。謝天謝地他走了！你好漂亮啊！你這件連身長裙在哪裏「買」的呀？現在，瑪格麗特，我必須跟你說，我眞爲你難過。（走向沙發，和溫夫人同坐）阿佳莎，乖女兒！

阿佳莎：在這兒，媽媽。（起身。）

柏夫人：我看見那邊有本照相簿，你過去翻看好嗎？

阿佳莎：是，媽媽。（走到臺左的桌前。）

柏夫人：乖女孩！她最愛看瑞士的風景照了。好純的嗜好啊，我說。可是瑪格麗特啊，我眞爲你難過。

溫夫人：（微笑）爲什麼，公爵夫人？

柏夫人：全爲那可怕的女人呀。偏偏她又穿得那麼講究，就更糟了，簡直樹立了壞榜樣。奧古斯都——你認識的，我那聲名狼藉的兄弟——害死我們家了——唉，奧古斯都完全給她迷住了。眞是太丟人了，因爲她根本混不進上流社會。許多女人都有一段往事，可是我聽說她至少有一打，而且聽說都拼得起來。

溫夫人：你在說誰呀，公爵夫人？

柏夫人：我在說歐琳太太。

溫夫人：歐琳太太？從來沒聽說過，公爵夫人。她跟我又「有」什麼關係呢？

柏夫人：可憐的孩子！阿佳莎，乖女兒！

阿佳莎：在這兒哪，媽媽。

柏夫人：你出去露臺上看落日好嗎？

阿佳莎：是，媽媽。（由臺左落地窗下。）

柏夫人：乖女孩！最崇拜落日了！可見感情好細膩啊，對吧？說來說去，有什麼比得上大自然呢？

溫夫人：是怎麼一回事呢，公爵夫人呀？你對我提這個人做什麼？

柏夫人：你當眞不曉得嗎？我敢說，爲這件事大家都很難過。就是昨晚在詹森夫人家裏，大家都還說這件事太離奇了，倫敦的男人那麼多，偏就是溫德米爾做出這種事來。

溫夫人：我的丈夫——「他」跟那種女人有什麼關係？

柏夫人：啊，有什麼關係，我的好夫人？問題就在這兒了。他老是去看她，一留就是幾個鐘頭，而只要是他去了，無論有誰上門，那女人都不見客。倒不是有多少名媛淑女去拜訪她，而是她有一大批聲名狼藉的男客——尤其是我這個兄弟，我剛才告訴過你的——溫德米爾牽涉在裏面，就顯得很不堪了。我們以前只當「他」是理想的丈夫，可是這件事只怕是千眞萬確了。我的乖姪女們——你認識沙維爾家的女孩吧？好乖的閨女啊——相貌平庸、平庸得要命，可是眞乖——嗯，她們總是守在窗口刺繡，又爲貧民縫些粗俗的東西；在這種可怕的社會主義的時代呢，我還覺得這也算是有益的事了。而這個可怕的女人呢在克仁街租了一棟房子，就在她們對門——偏偏是這麼一條體面的大街！眞不知道怎麼會弄到這種地步！沙維爾家的女孩告訴我說，溫德米爾每星期去四、五次——她們「親眼」看見的。根本就無法避人耳目啊——雖然這些女孩從不蜚短流長，她們哪——唉，也眞難怪——她們還是逢人便說。最糟的是，我還聽說這女人拿了人家一大筆錢，因爲六個月前她來倫敦的時候，好像還身無長物，而現在她在五月市場卻有了這棟漂亮的房子，每天下午還坐著她的小馬車逛海德公園，而這一切——唉，這一切——都從她認識可憐的溫德米爾開始。

溫夫人：哦，我不相信！

柏夫人：這可是千眞萬確，親愛的。全倫敦都知道了。所以我覺得應該來告訴你，勸你立刻帶溫德米爾出國，去洪堡或者艾克斯都行，好讓他散散心，你也好整天守住他呀。我不騙你，親愛的溫夫人，當初我新婚不久，有好幾次都不得不假裝病得很重，連最難喝的礦泉水也要勉強喝下，只爲逼柏維克大人離開倫敦。他這個人啊最容易上當了。不過我倒要說，他從來不會送人家一大把錢。他太守原則了，不會做這種事的！

溫夫人：（打斷她的話）公爵夫人，公爵夫人，不可能的！（起身走到臺中央）我們才結婚兩年，孩子才六個月大呢。（坐在臺左小茶几右側的椅子上。）

柏夫人：啊，那漂亮的乖寶寶！那小寶貝怎麼啦？是男孩還是女孩？

希望是個女孩——啊，不對，我記起來了，是個男孩！眞是遺憾啊。男孩子壞透了。我的兒子啊下流得離譜。你不會相信他回家有多晚。離開牛津才幾個月呢——眞不懂學校是怎麼教的。

溫夫人：男人「個個」都壞嗎？

柏夫人：哦，個個一樣，親愛的溫夫人，個個一樣，絕無例外。而且絕無起色。男人啊愈變愈老，絕對不會愈變愈好。

溫夫人：溫德米爾跟我是相愛而結婚的。

柏夫人：是呀，起頭都是那樣的。要不是柏維克蠻不講理，一直用自殺來嚇唬我，我才不會答應他呢，結果一年還不到，他已經在追求各式各樣的裙子了，什麼花色、什麼款式、什麼料子的都追。其實啊，連蜜月還沒度完，我已經逮到他在向女僕擠眉弄眼的了，還是個清白的漂亮小妞呢。我立刻把她辭了，連一封推薦信都不給她——不對，我記得是把她打發給我的姐姐了；可憐那喬治爵士是個大近視眼，我只當不會出事的。結果還是出了——眞是遺憾。（起身）好了，好孩子，我得走了，我跟柏維克要在外面吃飯。記住，溫德米爾這一點胡鬧，也不必太擺在心上。只要帶他出國去，他就會乖乖回到你身邊。

溫夫人：回到我身邊？（在臺中央。）

柏夫人：（在臺左中央）是啊，這些壞女人搶走了我們的丈夫，可是他們總是會回來的，略受損傷自然難免。你可別大吵大鬧，男人最恨你那樣了。

溫夫人：多謝你，公爵夫人，把一切都來告訴我。可是我還是不相信我丈夫會騙我。

柏夫人：好孩子！我以前也跟你一樣。現在我明白了，男人個個是魔鬼。（溫夫人拉鈴）唯一的辦法，是把這些壞蛋餵飽肚子。好廚子妙用無窮，我知道府上有的是。我的好瑪格麗特，你不會哭吧？

溫夫人：你別擔心，公爵夫人，我從不哭的。

柏夫人：這就對了，好孩子。哭，是庸脂俗粉的避難所，卻是美人的致命傷。阿佳莎，小寶貝！

阿佳莎：（由左門上）來了，媽媽。（站在臺左中央茶几的背後。）

柏夫人：過來對溫夫人說再見吧，也謝謝人家熱情招待。（折回臺前）對了，還得謝謝你送了請帖給霍波先生——就是澳洲來的那個富家子弟，現在正是眾所矚目。他父親靠賣罐頭食品發了大財——我相信這種食品非常可口——我想，僕人們永遠不肯吃的，正是這種東西。可是這個當兒子的卻非常有趣。我想阿佳莎俏皮的談吐已經使他動心了。當然了，阿佳莎走了，我們會很難過，可是我認爲做母親的，要不是每一個社交季節都送走一個女兒的話，就談不上眞正的母愛了。我們今晚再來，溫夫人。（派克推開中門）記住我的忠告，儘快把那可憐人帶出城去，這是唯一的辦法。又說聲再見了：走吧，阿佳莎。

（公爵夫人帶阿佳莎小姐由中門下。）

溫夫人：太可怕了！我現在才明白，剛才達大人說假定有一對夫妻，結婚還不到兩年，是什麼意思了。哦！不會是眞的——她說一大筆一大筆的錢付給了這女人。我知道亞瑟把他的存款簿放在什麼地方——就在那書桌的一個抽屜裏。可以去翻翻看。「就去」翻一下。（拉開抽屜）不，這件事荒唐透頂。（起身走到臺中央）造謠中傷，不值一笑！他愛的是「我」！他愛的是「我」！可是我爲什麼不該看呢？我是他的妻子，我有權看！（回到書桌前，取出存款簿逐頁查看，笑了起來，放心地歎一口氣）我早就知道！這故事莫名其妙，沒有一句當眞。（把存款簿放回抽屜。忽然一驚，取出另一本來）又是一本——機密的——鎖了的！（想要打開，卻打不開。瞥見桌上的裁紙刀，取來裁開封面。看到第一頁就連連吃驚）「歐琳太太——六百鎊——歐琳太太——七百鎊——歐琳太太——四百鎊。」哦！果然如此！太可怕了。

（把存款簿扔在地上。）

（溫德米爾勳爵由中門上。）

溫大人：喂，親愛的，扇子送來了沒有？（走到臺右中央。瞥見存款簿）瑪格麗特，你把我的存款簿切開了。你沒有權利這麼做呀！

溫夫人：拆穿了你的秘密，你認爲我不該嗎？

溫大人：我認爲做妻子的不該偵探丈夫。

溫夫人：我才沒有偵探你呢。一直到半小時以前，我根本還不知道有這麼一個女人。是有人可憐我，把全倫敦的人都早就知道的事情，好心告訴了我——說你每天去克仁街，說你鬼迷心竅，把大把的錢花在這下流女人的身上！（走到臺左。）

溫大人：瑪格麗特！不要把歐琳太太說成這樣子，你不知道這有多不公平！

溫夫人：（轉身向他）你倒眞在乎歐琳太太的面子。希望你也能顧惜我的面子。

溫大人：你的面子秋毫無損，瑪格麗特。你總不會認爲——（把存款簿放回抽屜。）

溫夫人：我認爲你的錢花得莫名其妙。如此而已。哦，別以爲我在乎那筆錢。就我而言，我們所有的家當你都可以花光。我「眞正」在乎的倒是你，你愛過了我，也教過我怎樣來愛你，現在竟然丟掉了獻給你的愛情，而捧起了賣給你的愛情。哦，眞是可怕！（坐在沙發上）結果是我感到可恥，而「你」呢無動於衷！我只覺得髒，髒極了。你根本不懂，過去這六個月在我此刻的感覺裏，變得多麼不堪——你給我的每一個吻，在回憶裏都變髒了。

溫大人：（走向她）別這麼說，瑪格麗特。世界之大，除你之外我從未愛過別人。

溫夫人：（站起）那這個女人是誰呢？你爲什麼幫她租了一棟房子？

溫大人：我並沒有幫她租房子。

溫夫人：你給她錢去租，還不是一樣。

溫大人：瑪格麗特，我認識歐琳太太——

溫夫人：有沒有歐琳先生這個人呢？——還是鬼話連篇吧？

溫太太：她的丈夫死了好多年了。只留下她一個人。

溫夫人：沒有親戚嗎？（稍停。）

溫太太：一個也沒有。

溫夫人：眞是奇怪啊？（走到臺左。）

溫太太：（臺左中央）瑪格麗特，我剛才正跟你說，我求你聽我說——就我所知，歐琳太太是個正派女人。要不是多年前——

溫夫人：哦！（走到臺右中央）我可不要聽她一生的細節！

溫太太：（在臺中央）我也不打算對你詳述她的一生。只想簡單地告訴你——歐琳太太也曾經有人景仰、有人愛惜、有人尊重。她出身好，有地位——後來都喪失了——也許可以說，都拋棄了。這就更加痛苦。災禍，一個人還可以忍受，因爲災禍是外來的，是意外。可是犯了錯誤而要自作自受——啊！就是生命的創傷了。那也是二十年前的事了。當時她不過是一個女孩子。她做妻子的時間甚至還不如你長。

溫夫人：我才不管她呢——還有——不准你把這女人跟我相提並論。這簡直是雅俗不分。（坐在書桌右邊。）

溫夫人：瑪格麗特，你倒可以挽救這個女人。她想要回到上流社會來，所以需要你幫助。（走向她。）

溫夫人：我！

溫夫人：對，是你。

溫夫人：好大的膽子！（稍停。）

溫夫人：瑪格麗特，我原本就是來求你幫個大忙的，儘管你發現了我不願讓你知道的事情，就是我給了歐琳太太一大筆錢，我還是要求你幫忙。我要你把今晚舞會的請帖送一張給她。（站在她左邊。）

溫夫人：你瘋了！（起身。）

溫大人：我求求你。大家可能說她的閒話，當然了，已經在說她閒話，可是誰也不知道到底她有什麼不對。她也去過幾個人家——不是你會去的那種人家，我承認，可是她去過的人家，這年頭所謂的「上流社會」的女人也都肯去。她覺得那樣還不夠。她希望你能接待她一次。

溫夫人：表明她勝利了，是嗎？

溫大人：不是的，只是因爲她知道你心腸好——而且只要能進我們家一次，她的日子就會比現在更好過、更踏實。她不會得寸進尺來跟你攀交情的。難道你不肯幫一個女人恢復身分嗎？

溫夫人：不行！一個女人眞要悔改的話，那麼往日毀了她或是眼看她毀了的那個社會，她才不想投回去呢。

溫大人：求求你。

溫夫人：（走向右門）我要去換晚禮服準備晚餐了，今晚不要再提這件事了。亞瑟，（走向他，到臺中央）你以爲我無父無母、無依無靠，就可以對我爲所欲爲。你錯了，我還有朋友呢，許多朋友。

溫大人：（在臺左中央）瑪格麗特，你這是胡言亂語。我不跟你辯，可是你今晚一定得邀請歐琳太太。

溫夫人：（在臺右中央）我絕對不幹。（走到臺左中央。）

溫大人：你眞的不肯？（在臺中央。）

溫夫人：絕對不肯！

溫大人：哦，瑪格麗特，看在我的份上，請她吧；這是她最後的機會了。

溫夫人：那跟我有什麼關係？

溫大人：好女人的心腸好硬啊！

溫夫人：壞男人的骨頭好軟啊！

溫夫人：瑪格麗特，也許我們做男人的沒有一個配得上我們所娶的女人——一點也不假——可是你總不會以爲我竟然——哦，這念頭簡直不堪！

溫夫人：爲什麼「你」應該跟別的男人不同呢？我聽說在倫敦，做丈夫的難得有一個不把生命浪費在「某種」畸情怪戀上。

溫夫人：我可不是這種人。

溫夫人：我可不敢確定。

溫夫人：你心裏是確定的。可是不要把我們的裂縫愈拉愈大吧。天曉得就這麼一、二十分鐘，我們的隔閡已經夠深了。坐下來寫請帖吧。

溫夫人：誰都休想來勸我。

溫夫人：（走到書桌前）那我來寫。（按電鈴，坐下，寫請帖。）

溫夫人：你眞要請這個女人嗎？（走向他。）

溫夫人：對。

（稍停。派克上。）

溫夫人：派克！

派　克：來了，老爺。（向前走來，到臺左中央。）

溫夫人：派人把這請帖送去克仁街八十四號之A，給歐琳太太。（走到臺左中央，交信給派克）不等回信。

（派克由中門下。）

溫夫人：亞瑟，要是那女人上門來，我一定羞辱她。

溫夫人：瑪格麗特，別這麼說。

溫夫人：我說眞的。

溫夫人：寶寶，你要是眞這樣，全倫敦沒有一個女人不爲你可惜。

溫夫人：全倫敦沒有一個好女人不爲我喝采。我們一向太姑息了，必須殺雞儆猴，就從今晚開始吧。（拾起扇子）正好，今天你送我這把扇子，是給我的生日禮物。那女人要是跨進我家大門，我就用扇子抽她的臉。

溫夫人：瑪格麗特，你不可以這樣。

溫夫人：那你太不了解我了！（走向臺右。）

（派克上。）

溫夫人：派克！

派　克：來了，夫人。

溫夫人：我要在自己房裏用餐。其實，我不想吃飯。十點半以前，一切務必準備妥當。還有，派克，今晚你一定要把來賓的姓名報得一清二楚。有時候你說話太快了，我都跟不上。爲了不出錯，我特別要把姓名聽清楚。你懂了吧，派克？

派　克：懂了，夫人。

溫夫人：你下去吧！

（派克由中門下。）

溫夫人：（對溫大人說）亞瑟，要是那女人上門來——我警告你——

溫大人：瑪格麗特，你這樣會毀了我們！

溫夫人：我們！從現在起，我的命跟你的互不相干。你要是不想當眾出醜，就立刻寫信給這個女人，告訴她，我不准她上門！

溫大人：我不要——我不能——她一定得來！

溫夫人：那，我說得出來，就做得出來。（走向臺右）是給你逼出來的。（由右門下。）

溫大人：（在背後喊她）瑪格麗特！瑪格麗特！（稍停）天哪！怎麼辦呢？我不敢告訴她這女人究竟是誰。這種羞恥她只怕受不了。（頹然坐倒椅上，雙手掩面。）

——幕　落——

第二幕

布　景：溫德米爾勳爵宅第的客廳。右上方有門通入舞廳，可聞樂隊演奏。來賓正由左方的門進來。左上方的門敞向燈火輝煌的露臺。棕櫚、鮮花，亮燈。賓客滿堂。溫夫人親自接待。

柏夫人：（在中央後方）眞奇怪，溫大人不在場。霍波先生也這麼晚到。阿佳莎，你把五次舞曲都留給他了吧？（走向前臺。）

阿佳莎：是啊，媽媽。

柏夫人：（坐在沙發上）把你的登記卡給我看一下。眞高興溫夫人恢復了登記卡——這樣嘛做母親的才放心。你這個天眞的小東西！（勾掉兩個名字）好女孩絕對不可以跟年紀更輕的小男孩跳華爾茲！這種舞看起來太快了！最後兩支舞你不如跟霍波先生去露臺上休息。

（鄧比先生與普靈黛夫人由舞廳入。）

阿佳莎：是，媽媽。

柏夫人：（揮扇）外面的空氣眞好。

派　克：古伯太太。史徒非夫人。勞斯敦爵士。巴克禮先生。

（眾人依通報先後魚貫而入。）

鄧　比：你好，史徒非夫人。這恐怕是社交季最後的舞會了吧？

史夫人：是吧，鄧比先生。這一季過得很愉快，對吧？

鄧　比：愉快極了！你好，公爵夫人。這恐怕是社交季最後的舞會了吧？

柏夫人：是吧，鄧比先生。這一季過得很無聊，對吧？

鄧　比：無聊透了！無聊透了！

古太太：你好，鄧比先生。這恐怕是社交季最後的舞會了吧？

鄧　比：哦，不見得。也許還有兩場吧。（踱回普靈黛夫人身邊。）

派　克：盧福德先生。賈德保夫人與格瑞安小姐。霍波先生。

（眾人依通報先後魚貫而入。）

霍　波：您好嗎。溫夫人？您好嗎，公爵夫人？（對阿佳莎小姐鞠躬。）

柏夫人：霍先生，你眞好，這麼早就到了。誰不曉得你在倫敦是供不應求。

霍　波：好地方，倫敦！倫敦的社會還不像雪梨那麼講究身分。

柏夫人：啊！誰不知道你的身價，霍波先生。像你這樣的人啊要是更多，就好了，生活就好過得多了。你知道嗎，霍波先生，阿佳莎跟我對澳洲都很有興趣。可愛的小袋鼠滿地飛跑，那地方一定美極了。阿佳莎已經在地圖上找到那地方。那形狀好奇怪啊！就像只大貨箱。不過，那是個很年輕的國家吧？

霍　波：要論開天闢地，公爵夫人，還不是跟其他國家同時嗎？

柏夫人：霍波先生，你真聰明。你的聰明與衆不同。不過我不該霸佔你了。

霍　波：公爵夫人，我倒想請阿佳莎小姐跳舞。

柏夫人：嗯，「希望」她還留下一支舞。阿佳莎，你還剩一支舞嗎？

阿佳莎：是啊，媽媽。

柏夫人：就是下一支嗎？

阿佳莎：是啊，媽媽。

霍　波：可以賞臉嗎？（阿佳莎點頭。）

柏夫人：霍波先生，你可得好好照顧我家這小碎嘴子。

（阿佳莎小姐與霍波先生步入舞廳。）

（溫德米爾勳爵由臺左上。）

溫夫人：瑪格麗特，我有話跟你說。

溫夫人：等一下。（音樂停止。）

派　克：奧古斯都勳爵到。

（奧古斯都勳爵上。）

奧大人：你好，溫夫人。

柏夫人：詹姆斯爵士，帶我過去舞廳好嗎？奧大人剛跟我家吃過晚飯。暫時呢我已經吃不消親愛的奧古斯都了。

（賴斯敦爵士由公爵夫人挽臂，帶她入舞廳。）

派　克：包登先生與太太。貝司禮勳爵與夫人。達林頓勳爵。

（眾人依通報先後魚貫而入。）

奧大人：（走到溫大人面前）特別有話要跟你說，好小子。我簡直累得半死。看來不像，我知道。什麼男人都看不出眞相來的。該死的，也是件好事呀。我只要知道這一點：她是誰？從哪兒來的呀？爲什麼一個該死的親戚都沒有呢？討厭得要命，五親六戚！可是該死的面子嘛還缺不得這一批人。

溫大人：我猜你是在說歐琳太太吧？我也是六個月前才見到她的。以前根本沒聽人說過。

奧大人：後來你就常跟她見面了。

溫大人：（冷然）不錯，後來我就常跟她見面了。剛才還見過呢。

奧大人：要命了！那些女人都罵她啊。今晚我才在阿蕾貝拉家吃飯！天哪！你該聽聽她是怎麼講歐琳太太的。她眞把人家講得赤裸裸的……（私語）柏維克跟我對她說，那有什麼關係，那位太太的身材想必苗條得很呢。你眞該看看阿蕾貝拉當時的表情！……可是，聽我說，好小子。我眞不知道拿歐琳太太怎麼辦。該死的！我可以娶她的；她對我卻是這麼要命的滿不在乎。她又聰明得要命！什麼她都有解釋。該死的！你，她也有解釋。她對你的解釋呀有一大堆——每次都不一樣。

溫大人：我跟歐琳太太的交情不需要解釋。

奧大人：哼！算了吧，你聽著，好小子。所謂「上流社會」這種無聊的玩意兒，你認爲她眞的混得進來？你會把她介紹給尊夫人嗎？不准你跟我耍賴。你會這麼做嗎？

溫大人：歐琳太太今晚會來我這裏。

奧大人：尊夫人送請帖給她了嗎？

溫大人：歐琳太太已經收到請帖了。

奧大人：那她沒問題了，好小子。可是你爲什麼早不告訴我呢？不就免得我擔足了心，外加該死的誤會！

（阿佳莎小姐與霍波先生穿過戲臺，由左上方的門走去露臺。）

派　克：格瑞安先生到！

（格瑞安先生上。）

格瑞安：（向溫德米爾夫人鞠躬，走過她面前，和溫德米爾勳爵握手）你好，亞瑟。你爲什麼不問我好呢？我喜歡大家向我問好。這樣才顯出人人都關懷我的健康。唉，今晚我一點兒也不舒服。剛才跟我的家人一起吃晚飯。眞不懂，爲什麼自己的家人總是這麼單調。我父親一吃完飯就滿口仁義道德。我跟他說，上了他這年紀，就該知道好歹。不過我的經驗總是，人一上了年紀，正當知道好歹了，反而什麼都不知道了。喂，老公羊，聽說你又要結婚了；還只當這遊戲你玩厭了呢。

奧大人：你太不正經了，好小子，太不正經了！

格瑞安：對了，老公羊，到底怎麼回事兒？你是結婚兩次離婚一次呢，還是離了兩次結了一次？我說你是離了兩次結了一次。這樣，聽起來可信得多。

奧大人：我記性很壞，眞是記不清了。（走向臺右。）

普夫人：溫大人，我特別有件事要請教。

溫大人：只怕——真對不起——我得去找我內人。

普夫人：哦，你千萬不可以。這年頭啊做丈夫的當衆對妻子獻殷勤，再危險不過了。大家一定會想，兩個人單獨在一起的時候，丈夫就會打老婆。凡是看來像幸福的婚姻，就會引起大衆的懷疑。可是，吃晚餐的時候，我再告訴你是怎麼回事吧。

（走向舞廳的門。）

溫大人：（在臺中央）瑪格麗特，我「有」要緊話跟你說。

溫夫人：達大人，幫我拿著扇子好嗎？謝謝你。（走到臺前來會他。）

溫大人：（迎向她）瑪格麗特，你在晚餐前說的話，該不是眞的吧？

溫夫人：那女人今晚不准來這裏。

溫大人：歐琳太太會來的，要是你刺激了她或者傷害了她，就會爲我們兩人都招來羞恥和悲痛。別忘了！哦，瑪格麗特！儘管相信我吧！做妻子的應該相信丈夫！

溫夫人：（在臺中央）相信丈夫的女人，倫敦到處都是。這種女人一眼就認出來了，因爲表情十分不快樂。我才不做這種女人呢。（走向臺後方）達大人，把扇子還給我好嗎？謝謝……扇子這東西眞有用，是吧？今晚我倒需要一個朋友，達大人，可沒料到這麼快就需要了。

達大人：溫夫人！我是料到總有這麼一天；可是爲什麼在今晚呢？

溫大人：我「要」告訴她了。非告訴不可。萬一鬧了起來，就不堪設想。瑪格麗特……

派　克：歐琳太太到！

（溫德米爾勳爵吃了一驚。歐琳太太上，衣著十分優雅，儀態極其高貴。溫德米爾夫人抓起扇子，旋又任其落地。她向歐琳太太冷然點頭，歐琳太太親切地點頭回禮，並且雍容地步入房來。）

達夫人：你的扇子掉了，溫夫人。（拾扇，遞給她。）

歐太太：（在臺中央）又見面了，您好，溫大人。你的好夫人眞可愛！完全是圖畫中人！

溫大人：（低聲）你來得太冒險了！

歐太太：（微笑）這是我一生最明智的行動了。對了，今晚你得多多照顧。我怕的是女客。你得爲我引見幾位。男客嘛我總有辦法應付。您好嗎，奧大人？近來您完全把我冷落了。從昨天起就沒再見到您。恐怕您變心了吧。大家都這麼說。

奧大人：（在臺右）說眞的，歐琳太太，聽我解釋。

歐太太：（在臺右中央）不行，我的好奧大人，你什麼都解釋不清。這正是您的一大可愛。

奧大人：啊！如果你覺得我可愛，歐琳太太——

（兩人談了起來。溫德米爾勳爵不安地繞室而行，觀察歐琳太太。）

達大人：（對溫夫人）你好蒼白啊！

溫夫人：懦弱的人總是蒼白的。

達大人：你像要暈倒的樣子。到外面露臺去吧。

溫夫人：好吧。（對派克）派克，叫人把我的披風拿出來。

歐太太：（走向她）溫夫人，府上的露臺燈光照得好美啊。令我想起羅馬的杜利亞王府。

（溫德米爾夫人冷然點頭，偕達林頓勳爵離去。）

歐太太：哦，您好嗎，格瑞安先生？那不是你的姑媽賈德保夫人嗎？我倒很想認識她。

格瑞安：（遲疑而且困窘片刻之後）哦，只要你高興，沒問題。凱羅玲姑媽，讓我來介紹歐琳太太。

歐太太：非常榮幸，賈德保夫人。（與她並坐在沙發上）令姪跟我很熟。我非常關懷他的政治前途。我認爲他註定會飛黃騰達。他的思路像保守派，口吻卻像急進派，這一點現在很有用。而且他口才出衆。不過大家都知道，這方面他受誰的遺傳。阿倫代勳爵昨天還在海德公園對我說，格瑞安先生的口才幾乎可以比美他的姑媽。

賈夫人：（在臺右）眞多謝你這一番美言！（歐琳太太微笑，繼續交談。）

鄧　比：（對格瑞安）是你把歐琳太太介紹給賈夫人的嗎？

格瑞安：沒辦法，好小子。眞是莫可奈何！那女人無論要你做什麼，你就會做什麼。怎麼搞的，我也不知道。

鄧　比：天哪，希望她別來找我說話！（踱向普靈黛夫人。）

歐太太：（在臺中央，對賈德保夫人）星期四嗎？非常榮幸。（起身，朗笑對溫德米爾勳爵說）眞無聊，又不得不敷衍這些當家的老夫人！可是她們就講究這一套！

普夫人：（對鄧比先生）那位穿著漂亮的女人，正跟溫德米爾說話的，是誰呀？

鄧　比：根本不認識！看來倒像精裝本的法國風流小說，專向英國市場來推銷。

歐太太：原來那是可憐的鄧比跟普靈黛夫人啊？聽說普夫人把他看得死緊。今晚他好像不太想找我說話。我猜他是怕普夫人吧。這種頭髮淡黃色的女人，脾氣可眞壞。告訴你，溫德米爾，我想先跟你跳。（溫德米爾勳爵咬唇，皺眉）這一來，奧大人就會大吃醋！奧大人！（奧古斯都勳爵走向臺前）溫大人一定要我跟他先跳，既然他是主人，我推不掉。你知道我是恨不得跟您跳的。

奧大人：（深深鞠躬）但願你是眞心話，歐琳太太。

歐太太：您自己心裏有數。我猜呢有人跟您跳一輩子的舞都跳不厭。

奧大人：（用手按住自己的白色背心）哦，多謝，多謝。名媛淑女，就你最討人歡喜！

歐太太：說得太好了！又單純、又誠懇！我就愛聽這種話。哪，您幫我拿著花。（挽著溫德米爾勳爵的手臂走向舞廳）啊，鄧比先生，您好嗎？眞抱歉，您一連光臨了三次，我都不在家。星期五來午餐吧。

鄧　比：（滿不在乎）好極了！

（普靈黛夫人怒視著鄧比先生。奧古斯都勳爵持花，隨歐琳太太與溫德米爾勳爵走進舞廳。）

普夫人：（對鄧比先生）你這十足的大笨蛋！我再也不相信你的話

了！你爲什麼告訴我你不認得她？你接二連三地去看人家，是什麼意思呀？不准你去那地方吃午餐；這道理你總該懂吧？

鄧　比：我的好洛娜，我才不想去呢！

普夫人：你還沒告訴我她的名字呢！她是誰？

鄧　比：（輕咳一聲，撫順頭髮）她是歐琳太太。

普夫人：那個女人！

鄧　比：是啊，大家都這麼稱呼她的。

普夫人：眞是妙啊！妙得不得了！我倒眞要好好看她一眼。（走到舞廳門口，向內張望）我聽人家談她的事情，簡直不堪。他們說，她毀了倒楣的溫德米爾。而溫夫人呢，一向做人最有分寸，卻把她給請了來！簡直是滑稽透頂！也只有不折不扣的好女人，才會做出不折不扣的笨事情。星期五你得去她那裏吃午飯！

鄧　比：爲什麼？

普夫人：因爲我要你帶我丈夫一同去。他近來對我太體貼了，簡直把人煩死。哪，這女人對他正好對症下藥。只要這女人受得了，他就會對人家大獻殷勤，不會再來煩我。相信我吧，這種女人最有用了。別人的婚姻是靠她們來奠基的。

鄧　比：你眞是一個謎！

普夫人：（注視他）我倒希望「你」才是呢！

鄧　比：我是呀——對我自己。世界上只有一個人我眞想看穿、看透，那就是我；可是到目前我還看不出有什麼頭緒。

（兩人走進舞廳，溫德米爾夫人偕達林頓勳爵從露臺進來。）

溫夫人：對呀。她找上門來簡直荒唐，眞受不了。今天下午喝茶的時候你說些什麼，現在我明白了。當時你怎麼不直說呢？你早該直說的！

達大人：我不能！一個男人不能洩漏別的男人的這種事情！可是當時我如果知道他會逼你今晚邀請那女人，我想我就會告訴你了。至少，這種羞辱你不必受了。

溫夫人：我並沒邀請她呀。是亞瑟堅持要她來的——不聽我的哀求——也不顧我的權利。哦，我覺得這屋子已經不乾淨了！她跟我丈夫就在我身邊舞來舞去，我覺得在場的女人都在笑我。憑什麼我要受這個罪？我把終身都交託給他。他接受了——享受了——又糟蹋了！我連自己都看不起；我沒有勇氣——也沒有骨氣！（坐在沙發上。）

達大人：如果我真了解你的話，我就知道，這樣對待你的男人，你不可能跟他住在一起！你跟他在一起，會過怎樣的日子呢？你會覺得，從早到晚，無時無刻他不在騙你。你會覺得，他的眼神是假的，聲音是假的，撫摸是假的，熱情也是假的。玩厭了別人，他會來找你；你得安慰他。迷上了別人，他也會來找你；你得取悅他。你勢必成爲他的面具，遮住他的眞相，或是他的披風，蓋住他的秘密。

溫夫人：你說得對——你說得對極了。可是我該向誰求救呢？你說你願做我的朋友，達大人——告訴我，我該怎麼辦？現在，做我的朋友吧。

達大人：男女之間不可能發生友情。可以有狂熱、怨恨、崇拜、愛情，但是絕無友情。我愛你——

溫夫人：不要，不要！（起身。）

達大人：不錯，我愛你！對我來說，你比世界上任何東西都更可貴。你的丈夫給了你什麼呢？什麼也沒有。他把自己的一切都給了那該死的女人，而且把她硬帶進你的社交圈子，你的家庭，當著大家的面來羞辱你。我呢把我的生命獻給你——

溫夫人：達大人！

達大人：我的生命——我全部的生命。你拿去吧，隨你怎麼辦……我愛你——愛你，勝過愛任何生命。我一見到你就愛上你了，盲目地、崇拜地、瘋狂地愛你！以前你不知道——現在你知道了！今晚就離開這屋子吧。我不想勸你說，大眾並不重要，或者大眾的議論，社會的輿論不重要。這些都非常重要，太重要了。可是有時候一個人也必須決定：究竟要把自己的生命活得充實、全面、徹底呢，還是虛假、淺薄、下流地混日子，聽命於偽善的世界。現在正是你的時機。決定吧！哦，我的愛人，決定吧。

溫夫人：（慢慢地退後，滿眼驚惶地望著他）我沒有這勇氣。

達夫人：（跟上去）有的，你有這勇氣。也許會有六個月的痛苦，甚至羞恥，可是等到你不再跟著他姓，等你改跟我姓的時候，一切就解決了。瑪格麗特，我的愛人，總有一天做我的妻——是啊，我的妻！你是明白人！現在你算什麼呢？本該是你的地位，那女人卻佔了去。哦！走吧——走出這屋子，擡起頭來，唇上帶著微笑，眼裏帶著勇敢。全倫敦都會知道你這麼做是爲什麼；誰會來責怪你呢？誰也不會。就算有人責備，有什麼關係？是你錯了嗎？錯在哪裏呢？一個男人爲了無恥的女人而拋棄了妻子，才是錯了。一個女人受了丈夫羞辱，還要跟著他，才是錯了。你曾經說過，你做事情絕不妥協。那現在也別破例。你要勇敢！你要自主！

溫夫人：我就是怕自己做主。讓我想一下。讓我等一等！我的丈夫或許會回心轉意。（坐在沙發上。）

達大人：你還願意把他收回來哪！你不是我指望的那種人。你跟別的女人一模一樣：寧可忍受一切，也不敢面對大衆的指責，而本來你就不屑大衆的讚美。不出一個禮拜，你就會跟這女人同車逛海德公園。她會成爲你家的常客——你的密友。而你甘願忍受這一切，也不敢一刀就斷了這荒謬的枷鎖。你說得不錯。你是沒有勇氣，一點也沒有！

溫夫人：啊，給我時間想一想。我不能立刻回答你。（緊張地摸了摸額頭。）

達大人：不能立刻，那就作罷。

溫夫人：（從沙發上起身）那，就罷了！（稍停。）

達大人：你眞令我心碎！

溫夫人：我的心早就碎了。（稍停。）

達大人：明天我離開英國。這是今生我看你的最後一眼了。你再也見不到我了。只有一剎那，我們的生命相遇——我們的心靈相交。以後再也不會相遇、相交了。永別了，瑪格麗特。

（下。）

溫夫人：我的命好孤單啊！孤單得好可怕啊！

（樂聲停止。柏維克公爵夫人偕貝司禮動爵談笑而入。其他賓客由舞廳進來。）

柏夫人：親愛的瑪格麗特，剛才我跟歐琳太太談得很開心。眞懊悔，今天下午不該向你數落她的。不用說，既然「你」請了她，她必然是規矩人。這女人眞討人歡喜，對人生也眞有見地。還跟我說，她根本不贊成有人結兩次婚，所以我覺得完全不用爲苦命的奧古斯都擔心。眞想不通，爲什麼大家要說她壞話。都怪我那些討厭的姪女——沙維爾家那些女孩——總是造謠中傷。不過洪堡呢你還是該去一趟，親愛的，眞的該去。這女人還是太動人了一點。可是阿佳莎哪兒去啦？哦，在那邊呢。（阿佳莎小姐偕霍波先生經左上方入口自外面的露臺進來）霍波先生，我非常、非常生你的氣。你竟把阿佳莎帶去外面的露臺，她身體嬌得很的。

霍　波：（在臺左中央）公爵夫人，十分抱歉。我們本來只出去一下子，結果談起天來了。

柏夫人：（在臺中央）啊，談你的寶貝澳洲吧？

霍　波：對啊！

柏夫人：阿佳莎，寶寶！（招她過來。）

阿佳莎：是的，媽媽！

柏夫人：（私語）霍波先生可曾明確地——

阿佳莎：是的，媽媽。

柏夫人：好孩子，你怎麼回答他呢？

阿佳莎：是的，媽媽。

柏夫人：（慈愛地）小乖乖！你的話總是這麼得體。霍波先生！詹姆斯呀！阿佳莎已經全告訴我了。你們兩個人瞞得我好緊啊。

霍　波：這麼說，公爵夫人，您不反對我把阿佳莎帶去澳洲了吧？

柏夫人：（憤然）去澳洲？哦，別提那俗氣的鬼地方了。

霍　波：可是她說她願意跟我去啊。

柏夫人：（峻然）阿佳莎，是你說的嗎？

阿佳莎：是的，媽媽。

柏夫人：阿佳莎，你的話眞是傻極了。我認爲大體上說來，住在格羅夫納廣場比較有益健康。格羅夫納廣場雖也住了一大堆俗氣的人，至少總沒有可怕的袋鼠跳來跳去呀。不過這一點可以明天再談。詹姆斯，你可以帶阿佳莎下去。不用說，你要來我家午餐，詹姆斯。一點半，不是兩點。我相信，公爵會有幾句話交代你。

霍　波：公爵夫人，我也希望能和公爵談一談。他到現在還不曾和我講過一句話呢。

柏夫人：我想，明天你會發現他有一大堆話要交代你。（阿佳莎偕霍波先生下）好了，晚安，瑪格麗特。親愛的，恐怕這是古而又老的故事了。愛情呀——唉，不是一見鍾情，而是社交季節臨終的定情，其實呢更加令人滿意。

溫夫人：晚安，公爵夫人。

（柏維克公爵夫人挽貝司禮勳爵的手臂下。）

普夫人：我的好瑪格麗特，一直跟你丈夫跳舞的那個女人，好漂亮啊！要我是你，一定大吃醋。她是你的好友嗎？

溫夫人：才不呢！

普夫人：眞的呀？晚安，親愛的。（望望鄧比先生，下。）

鄧　比：這位年輕人霍波眞沒禮貌！

格瑞安：啊！霍波是一位江湖紳士，據我所知，這是紳士裏面最糟的一型。

鄧　比：眞是識大體的女人，這溫夫人。做妻子的大半都會反對歐琳太太上門來的，可是溫夫人有一種不平常的本領，叫做常識。

格瑞安：還有，溫德米爾知道，要顯得清清白白，莫過於冒冒失失。

鄧　比：是呀，好個溫德米爾，幾乎趕上潮流了。想不到他會這樣。

（對溫夫人鞠躬，下。）

賈夫人：晚安，溫夫人。歐琳太太眞是可愛！星期四她來我家午餐，你也來好嗎？我也請了主教跟麥頓夫人。

溫夫人：只怕我已經有約了，賈德保夫人。

賈夫人：眞不巧。走吧，乖乖。（賈德保夫人偕格瑞安小姐下。）

（歐琳太太偕溫德米爾勳爵上。）

歐太太：眞是迷人的舞會！好令人懷念從前的日子啊。（坐在沙發上）我看哪上流社會的傻瓜和從前一樣多。眞高興發現一切都沒變！只有瑪格麗特，她變得好漂亮啊。上一次我見到她——二十年以前了，她還是個醜丫頭，裹著法蘭絨。眞醜啊，不騙你。親愛的公爵夫人！還有那乖小姐阿佳莎！我就喜歡這一型的女孩子！哦，說眞的，溫德米爾，要是我做了那公爵夫人的弟媳婦——

溫大人：（坐在她左邊）可是你眞會——？

（格瑞安先生偕其他賓客下。溫德米爾夫人帶著鄙夷而又痛苦的表情注視著歐琳太太和她的丈夫。兩人未察覺她在場。）

歐太太：是呀。說好了他明天十二點鐘來看我！今晚他本來就要求婚的。其實呢他已經提了。他求婚就沒有停過。可憐的奧古斯都，你曉得的，一句話他老是說了又說。眞是壞習慣！不過我告訴他了，要等明天才給他回答。當然我會答應的。就做妻子而言，我會爲他做一個賢慧的妻子。奥大人有許多長處，幸而都露在表面上，一個人的長處原該如此。當然，這件事你必須幫我。

溫大人：你該不會要我去鼓勵奥大人吧？

歐太太：哦，不用！鼓勵由我來。不過，溫德米爾，你會開給我一大筆協議費的，對吧？

溫大人：（皺眉）今晚你要找我談的，就是這件事嗎？

歐太太：是呀。

溫大人：（不耐煩的手勢）我不要在這裏談。

歐太太：（笑出聲來）那就去露臺上談吧。就連談交易，也該有生動悅目的背景，不是嗎，溫德米爾？女人只要找對了背景，可以無往不利。

溫大人：明天再談不也行嗎？

歐太太：不行；你想嘛，明天我就要答應他求婚了。我認爲，假使我能夠對他說，我有——哦，該怎麼說呢——每年有兩千鎊，是一位遠房表親——或是第二任丈夫——或是諸如此類的遠親遺留給我的——假使能這麼說，該是一個有利的條件。這一點可以加強吸引力，對吧？這是你恭維我的好機會，溫德米爾。可是你不太會恭維人。恐怕瑪格麗特也不鼓勵你培養這種好習慣吧。這是她的大錯。等到男人不再說風流話，他們也就不再想風流事了。可是說正經的，你覺得兩千鎊如何？我想，兩千五百鎊吧。在現代生活裏，最重要的是算寬一點。溫德米爾，你不覺得這大千世界趣味無窮嗎？我倒覺得！

（偕溫德米爾勳爵出去露臺。舞廳裏音樂又起。）

溫夫人：這個家我是再也待不下去了。有一個愛我的男人，今晚要把他整個生命獻給我。我拒絕了。我真蠢。現在我要把我的生命獻給他了。我要把自己的命交給他。我要投奔他！（披上披風，走到門口，又走回頭。坐在桌前寫信，裝入信封，留在桌上）亞瑟從來沒了解過我。看到這封信，他就懂了。他的生命，現在由他自己去安排了。我的呢，也按照我自認最佳的正確方式處理了。是他，撕破了婚姻的盟誓——不是我！我不過打破了婚姻的牢籠。

（派克由臺左上，越過客廳，走向臺右的舞廳。歐琳太太上。）

歐太太：溫夫人在舞廳裏嗎？

派　克：夫人剛出去了。

歐太太：出去了？她不在露臺上嗎？

派　克：不在啊，太太。夫人剛才出門去了。
歐太太：（吃了一驚，面露不解的神情望著管家）出門去了？
派　克：是的，太太——夫人吩咐我說，她留了一封信在桌上給老爺。
歐太太：留了一封信給溫大人？
派　克：是的，太太！
歐太太：謝謝你。（派克下。舞廳的樂聲停止）出門去了！還留下一封信給她丈夫！（走到書桌前，對信注視。把信拿起又放下，怕得發抖）不，不會的！不可能！生命的悲劇不會像那樣重演！哦，爲什麼我會有這可怕的念頭呢？一生中我恨不得能忘掉的那一刻，爲什麼現在會記起來？生之悲劇眞會重演嗎？（拆信、讀信，然後做一個痛苦的手勢，坐倒在椅上）哦，好可怕啊！跟二十年前我給她父親的留言，一模一樣！爲了那件事，我受的懲罰好慘啊！不，我的懲罰，我眞正的懲罰是在今晚，在此刻！（仍坐在臺右。）

（溫德米爾勳爵由左上門入。）

溫大人：你跟內人告辭了沒有？（走到臺中央。）

歐太太：（把信揉成一團）有啊。

溫大人：她在哪裏？

歐太太：她很累了。已經去睡了。說是她頭痛。

溫大人：我必須去找她。失陪了。

歐太太：（匆匆起身）哦，別去了！沒什麼嚴重。她只是太累了，沒有別的。何況餐廳裏還有客人呢。她要你代她向來賓道歉。她說，不要去打擾她了。（失手落信）她要我轉告你。

溫大人：（把信拾起）你東西掉了。

歐太太：哦，是呀，謝謝你，是我的。（伸手接信。）

溫大人：（仍盯著信）這不是我內人的筆跡嗎？

歐太太：（連忙接信）是呀，是——給我的一個地址。勞駕你吩咐僕人叫我的馬車過來，好嗎？

溫大人：好。（由臺左下。）

歐太太：謝謝！怎麼辦呢？怎麼辦呢？我感到心頭有一股親情在甦醒，以前從未有過。這是為什麼呢？女兒千萬不能學母親——那太可怕了。該怎麼救她呢？該怎麼救我的孩子呢？一剎那可以毀掉一生。這道理，誰還能比我更明白呢？溫德米爾千萬不可以留在家裏，這一點無比重要。（走到臺左）可是該怎麼辦呢？總得想個辦法呀。啊！

（奧古斯都勳爵捧花由右上方的入口上。）

奧大人：我的好歐琳太太，真害我心焦死了！求了你那麼久，還不可以給我個答覆嗎？

歐太太：奧大人，你聽我說呀。你得立刻把溫大人帶去你的俱樂部，而且把他守住，愈久愈好。明白了嗎？

奧大人：可是你又說過，希望我早睡早起呢！

歐太太：（不安地）照我的話去做吧。照我的話去做。

奧大人：那怎麼賞我呢？

歐太太：賞你？賞你？哦，明天再問我好了。可是今晚別讓溫德米爾給溜了。萬一給溜了，我絕不原諒你，再也不跟你說話，再也不理你了。記住，一定要把溫德米爾留在你俱樂部裏，今晚不得讓他回家來。（由臺左下。）

奧大人：哼，眞是的，倒像已經當了她丈夫了。我看是當定了。（大惑不解地隨她下。）

——幕　落——

第三幕

布　景：達林頓勳爵的套房。臺右壁爐前有一張大沙發。劇臺後壁的落地窗拉上了窗幔。左右各有一門。臺右的桌上放置文具。臺中央的桌上有虹吸瓶，玻璃杯，酒瓶架。臺左的桌上有雪茄和煙盒。亮著燈光。

溫夫人：（站在壁爐邊）爲什麼他還不來呢？這樣等下去眞是可怕。他應該在此地。爲什麼他不在此地，用熱情的詞句來喚醒我心中的火呢？我好冷啊——冷得像沒人愛的小東西。亞瑟此刻一定看到我的信了。要是他關心我，早就來追我，硬把我拉回去了。可是他不關心。他早給這女人困住了——迷住了——霸住了。女人想要抓緊男人的話，只需要迎合他的下流就行了。我們把男人當做神，他們卻丟下了我們。別的女人把男人當做獸，男人卻搖尾乞憐，忠心耿耿。人生是多麼可怕啊！……哦！我竟跑來此地，簡直是瘋了，瘋到底了。可是我想不通哪一樣更糟，是任憑一個愛我的男人擺佈，還是跟定一個竟然在自己家裏羞辱了我的丈夫？哪一個女人想得通呢？世界之大，有哪個女人想得通呢？可是我準備託付終身的這個男人，他會永遠愛我嗎？我又能給他什麼呢？嘴唇已經喪失歡悅的音調，眼睛已經被淚水淹沒，雙手發冷，心頭結冰。我什麼也不能給他呀。我一定要回去——不行，我不能回去，有那封信，我就落進他們的手裏了——亞瑟是不肯收我回去的！那封要命的信！不行，達大人明天就離開英國了。我要跟他一起走——別無選擇。（坐下來過了片刻。又驚慌起身，披上披風）不，不行！我還是要回去，任憑亞瑟怎麼發落吧。我不能在這裏等下去。來這裏，本來就是發瘋。我必須馬上走。至於達大人——哦，他來了！怎麼辦呢？該怎麼跟他說呢？他眞的肯讓我走嗎？聽說男人都很野蠻，恐怖……哦！（以手掩面。）

（歐琳太太由臺左上。）

歐太太：溫夫人！（溫德米爾夫人吃了一驚，擡起頭來。然後鄙夷地退後）謝天謝地我趕到了。你必須立刻回到你丈夫家去。

溫夫人：必須？

歐太太：（發令一般）對呀，你必須回去！一刻也不能耽誤。達大人隨時都會回來。

溫夫人：不要靠近我！

歐太太：哦！你已經到毀滅的邊緣了，你正站在危險的懸崖邊上。你必須立刻離開此地，我的馬車正在街角等著。你必須跟我坐車直接回去。

（溫夫人猛脫披風，摔在沙發上。）

歐太太：你這是爲什麼？

溫夫人：歐琳太太——要是你不來這裏，我倒可能回去。可是現在見到你了，我覺得，世界上無論什麼理由都休想再叫我跟溫大人住在同一個屋頂下。你令我滿心厭惡。你這一套令我心頭——火冒千丈。我知道你來這裏做什麼。是我丈夫派你來騙我回去，好做一道煙幕，來掩蓋你跟他之間的什麼關係。

歐太太：哦！你總不會認爲——你不會的。

溫夫人：回去找我丈夫吧，歐琳太太。他屬於你，不屬於我。我猜他只是怕家醜外揚。男人全都是懦夫。世界上什麼法他們都敢犯，卻害怕人言可畏。不過他最好有個準備啊。醜呢他是出定了。他出的醜，這麼多年倫敦都沒人出過。他會見自己的名字登在每一張下流的報端，而我的名字寫在每一塊恐怖的告示牌上。

歐太太：不會的——不會的——

溫夫人：會啊！有他受的。要是他自己來了，我承認，我還會回去，去過你跟他爲我安排的墮落生活——我本來正要回去——可是他自己在家裏不動，卻派你來傳話——哦！簡直不成體統——不成體統。

歐太太：（在臺中央）溫夫人，你太冤枉我了——你太冤枉你丈夫了。他才不知道你在這兒呢——他還以爲你安然在自己家裏。他以爲你睡著了，在自己房裏。你寫給他的那封瘋狂的留言，他根本沒看到！

溫夫人：（在臺右）根本沒看到！

歐太太：沒有啊——他什麼也不知道。

溫夫人：你把我看得太天眞了！（走向她）你在騙我！

歐太太：（忍住）我沒有。我說的是實話。

溫夫人：如果我丈夫沒看到信，你怎麼會來這兒呢？誰告訴你我離家了，離開你無恥闖入的那個家了？誰告訴你我去了什麼地方呢？我丈夫告訴你的，而且派你來騙我回去。（走到臺左。）

歐太太：（在臺右中央）你的丈夫根本沒看到那封信。是我——看到，我拆了。我——讀了。

溫夫人：（轉身對她）你拆了我寫給自己丈夫的信？諒你也不敢！

歐太太：敢！哦！你正向深淵裏跳，爲了救你出來，世界上沒有一件事是我不敢的，無論是哪一件事。信在這裏。你的丈夫根本沒看過。他根本看不到了。（走向壁爐）這封信根本就不該寫的。（把信撕碎，投入火中。）

溫夫人：（聲調和表情都極端鄙夷）我怎麼知道那就是我的信呢？你

似乎以爲，用最普通的手段都騙得過我！

歐太太：哦！爲什麼我告訴你的話你一概不信呢？我來這裏是爲了救你呀，免得你徹底毀滅，免得你擔當鑄成大錯的後果，除了這些，你以爲我還有什麼目的嗎？現在燒的正是你的信，我向你發誓！

溫夫人：（緩慢地）你故意乘我來不及檢查，就把它燒了。我信不過你。你自己的一生都是謊言，怎麼能說出一句眞話來呢？（坐下。）

歐太太：（焦急地）不管你怎麼想我——也不管你怎麼說我，回去吧，回到你心愛的丈夫身邊去吧。

溫夫人：（陰沉地）我才「不」愛他呢！

歐太太：你愛的，你也知道他愛你。

溫夫人：他才不懂什麼是愛呢。他對愛的了解，跟你一樣有限——不過我看得出你的企圖。把我弄回去，對你大有好處。天哪！到時候我會過什麼樣的日子啊！我的日子要聽命於一個沒有善心也絕無憐憫的女人，這樣的女人，見到了令人羞恥，認識了令人墮落，這樣的壞女人，把人家的丈夫跟妻子拆開！

歐太太：（做絕望的手勢）溫夫人，溫夫人，別說得這麼難聽吧。你不知道這些話多難聽，不但難聽，而且不公平。聽我說，你必須聽我說！只要你回到丈夫身邊，我就答應你，絕不找任何藉口再和他來往——絕不再見他——絕不再和他的或你的生活有任何糾葛。他給我錢，不是爲了愛，而是爲了恨，不是表示崇拜，而是表示鄙夷。我對他的影響——

溫夫人：（起身）啊！你也承認你對他有影響！

歐太太：是啊，我也可以告訴你，影響在哪裏。在他對你的愛裏，溫夫人。

溫夫人：你指望我相信這話嗎？

歐太太：你不能不相信！這是眞話。就是因爲愛你，他才不得不接受——哦！隨你怎麼稱呼，壓迫啦，威脅啦，隨你怎麼叫。總之因爲他愛你。他的苦心是要爲你擋掉——羞恥，對，羞恥和無顏。

溫夫人：你這是什麼意思啊？你太放肆了！我跟你有什麼關係？

歐太太：（謙卑地）毫無關係。我知道——可是我得告訴你，你的丈夫是愛你的——這種愛你也許一輩子不會再遇見——以後絕不會再遇見了——如果你把它拋棄，總有一天你渴望有人來愛你卻得不到愛，哀求要人來愛你，卻被拒絕——哦！亞瑟愛的是你！

溫夫人：亞瑟？你還跟我說，你們之間沒有什麼呢？

歐太太：溫夫人，皇天在上，你的丈夫問心無愧，什麼對不起你的事都沒做！而我呢——告訴你，當初我如果料到你疑起心來這麼可怕，我寧可去死，也不願闖進你的或者他的生命——哦！寧可去死，甘心去死！（走向臺右的沙發。）

溫夫人：你說得眞像有良心。你這樣的女人根本沒良心。你根本沒有心肝。你跟別人只有買賣。（坐在臺左中央。）

歐太太：（感到震驚，做出痛苦的手勢。旋即自抑，走到溫德米爾夫人坐處。一面說話，一面向她伸過手去，卻不敢碰到她）你愛怎麼想我，隨你。我完全不值得別人爲我難過。可是別爲了我而毀掉你美麗的青春！你根本不知道會有什麼下場，除非你立刻離開這屋子。你不知道掉進這陷阱是什麼滋味，被人鄙視、嘲弄、遺棄、嗤笑——被社會放逐！到處吃閉門羹，逼得只好從偏街陋巷爬進爬出，深怕隨時會被人揭開面具，一輩子都任人譏笑，聽大眾可怕的笑聲，比流盡全世界的淚水更加悲慘。你根本不知道那滋味。一個人作了孽是要付代價的，付了又付，一輩子都付不清。這種苦頭你千萬吃不得。——至於我，如果受罪能算是贖罪，那，不管我犯過多少錯，這一刻我已經贖完罪了；因爲今晚你已經教一個沒有良心的人有了良心，有了良心卻又心碎了。——不過，別提了。我也許已經毀了自己一輩子，可是不能讓你毀了你一輩子。你啊——唉，你還是一個女孩子，你會沉淪的。有的女人能捲土重來，那種頭腦你沒有。你既無那種心機，也沒有那種膽量。你根本受不得羞辱！不行的！你回去吧，溫夫人，回到愛你也被你所愛的丈夫身邊。你還有一個孩子呢，溫夫人。回到孩子身邊去吧，就在此刻，不論是爲了痛苦或是歡悅，他也許正叫著你呢。（溫夫人起身）那孩子是上帝賜給你的。上帝給你的任務，是保障那孩子過好日子，要你照顧他。萬一他一輩子毀在你的手上，你對上帝怎麼交代呢？回家去吧，溫夫人——你的丈夫愛著你呢！他對你的愛從來沒有變過。就算他別戀過千次，你也必須守住那孩子。如果他對你兇狠，你必須守住那孩子。如果他虐待你，你必須守住那孩子。如果他遺棄了你，你的身分也是跟孩子在一起。

（溫德米爾夫人哭了起來，雙手掩面。）

歐太太：（向她奔去）溫夫人！

溫夫人：（無助地向她伸手，有如小孩）帶我回去。帶我回去吧。

歐太太：（正想抱她，旋即自抑，臉露驚喜之情）走吧！你的披風在哪裏？（從沙發上拿起披風）拿去。披上吧。趕快走！

（兩人走向門口。）

溫夫人：等一下！你聽到人聲沒有？

歐太太：沒有，沒有啊！一個人也沒有！

溫夫人：有啊，有人！你聽！啊！那是我丈夫的聲音！他進來了！救救我！哦，這是陰謀！是你派人叫他來的。

（外面傳來人聲。）

歐太太：別叫啊！我是來這裏救你的，盡我所能。可是只怕來不及了！去那邊！（指著拉上的落地窗幔）一有機會就溜走，別錯過！

溫夫人：可是你呢？

歐太太：哦！不用管我了。由我來對付。

（溫德米爾夫人躲入幔後。）

奧大人：（在外面）胡說，溫德米爾，不准你一個人走！

歐太太：奧大人！那，輪到我完蛋了！（猶豫了片刻，四顧之餘，見到右門，從右門下。）

（達林頓勳爵，鄧比先生，溫德米爾勳爵，奧古斯都勳爵，格瑞安先生同上。）

鄧　比：眞討厭，這麼早就把我們趕出俱樂部來了！才兩點而已。（頹然坐倒）夜晚的熱鬧才開始呢。（呵欠，閉眼。）

溫大人：達大人，多謝你讓奧古斯都把大夥兒硬帶到府上來，不過，只怕我不能久留。

達大人：眞的嗎！太掃興了！抽一根雪茄好嗎？

溫大人：謝謝！（坐下。）

奧大人：（對溫德米爾勳爵）好小子，你別妄想開溜。我有好多話要跟你說，眞該死，還都是要緊話。（靠近他，坐在臺左的桌旁。）

格瑞安：哦！大家都知道是為什麼！老公羊說來說去，都離不開歐琳太太。

溫大人：嗯，那不關你的事吧，賽西爾？

格瑞安：完全無關！所以才吸引我呀。我自己的事總是把我煩死。我寧可管別人的事。

達大人：喝點什麼酒吧，弟兄們。賽西爾，你來杯威士忌蘇打吧？

格瑞安：謝謝。（和達林頓勳爵一同走去桌旁）歐琳太太今晚眞漂亮，對吧？

達大人：我可不是她的仰慕者。

格瑞安：我一向也不是，現在是了。哈！她當眞指使我把她介紹給倒楣的凱羅玲好姑媽。我相信她會去姑媽家午餐的。

達大人：（訝然）不會吧？

格瑞安：她會喲，眞的。

達大人：對不起，弟兄們。我明天出國，得去寫幾封信。（走到書桌前，坐下。）

鄧　比：好聰明的女人，歐琳太太。

格瑞安：好啊，鄧比！我還以爲你睡著了。

鄧　比：我是呀，我通常都是的！

奧大人：這女人聰明絕頂。完全摸透了我是個多麼該死的傻瓜——透徹得就像我了解自己一樣。

（格瑞安笑呵呵地走向他。）

奧大人：啊，你笑吧，好小子，可是能碰上這麼一個徹底了解我的女人，這件事眞了不起啊。

鄧　比：這件事才眞危險呢。到頭來總是娶這麼一個。

格瑞安：可是老公羊，我還以爲你再也不會去看她了呢！是呀！昨晚在俱樂部你還對我這麼說的。你說你聽人說——（對他耳語。）

奧大人：哦，那件事她已經解釋過了。

格瑞安：還有威斯巴登那件風流事呢？

奧大人：那件事她也解釋過了。

鄧　比：還有她的收入呢，老公羊？她也交代了嗎？

奧大人：（語氣十分認真）明天她會解釋。

（格瑞安走回臺中央的桌旁。）

鄧　比：唯利是圖得可怕，現在的女人。我們的祖母那一代，不用說，會傻得對風車丟帽子，可是天哪，她們的孫女這一代，對著風車丟帽子的時候，還要先看那風車會不會吹出錢來。

奧大人：你想把她說成一個壞女人啊。她可不是！

格瑞安：哦！壞女人給我麻煩。好女人令我厭煩。這就是她們唯一的不同。

奧大人：（噴出一口雪茄煙）歐琳太太有的是前途。

鄧　比：歐琳太太有的是滄桑。

奧大人：我喜歡女人有滄桑。跟她們談話，總是有趣得要命。

格瑞安：哼，那你跟「她」的話題可多了，老公羊。（起身向他走去。）

奧大人：好小子，你愈來愈討人厭了；你簡直討厭得要死。

格瑞安：（雙手按住他的肩頭）好了，老公羊，你已經失去了腰身，也已經失去了名譽。別再失去涵養了；你的涵養本來就不多。

奧大人：好小子，我要不是倫敦最好脾氣的人哪——

格瑞安：那我們就會更敬重你，對嗎，老公羊？（踱開。）

鄧　比：這年頭年輕人眞荒唐，對染髮毫無敬意。（奧古斯都勳爵憤然回顧。）

格瑞安：歐琳太太對老公羊倒很有敬意。

鄧　比：那麼，歐琳太太倒是爲所有的女人樹了個好榜樣。這年頭，許多女人對不是丈夫的男人，手段都野蠻極了。

溫大人：鄧比，你簡直荒謬；而賽西爾呢，你也是信口開河。不要再說歐琳太太了。你們對她其實一無所知，卻老是說人家壞話。

格瑞安：（走向他，到臺左中央）我的好亞瑟呀，我從來不說人壞話的。「我」只說閒話。

溫大人：壞話跟閒話有什麼不同？

格瑞安：哦！閒話多有趣呀！歷史嘛不過是閒話。可是在道學家的嘴裏，閒話變得沉悶乏味，就成了壞話。哼，我從來不講仁義道德。滿口道德的男人，通常都是僞善，而滿口道德的女人呢，毫無例外，一定是相貌平庸。天下最不配女人的一樣東西，就是不信國教的良心了。幸好，女人大半都明白這道理。

奧大人：我正有同感，好小子，正有同感。

格瑞安：你這麼說眞掃興，老公羊；每當有人跟我看法一致，我總覺得我一定錯了。

奧大人：好小子，我在你這年紀啊——

格瑞安：可是你從沒像我這年紀，老公羊，以後也絕對不會。（從臺前走到臺中央）我說，達林頓，大家來玩牌吧。亞瑟，你來玩嗎？

溫大人：不了，賽西爾，謝謝你。

鄧　比：（歎一口氣）老天爺！男人結了婚眞完蛋啦！婚姻像抽煙一樣令人頹喪，而且比抽煙貴得多。

格瑞安：你當然要玩吧，老公羊？

奧大人：（在桌前自斟了一杯白蘭地蘇打）不行呀，好小子。我答應過歐琳太太絕對不再玩牌、喝酒的。

格瑞安：好了，我的老公羊，不要被人家引入美德的歧途吧。一經改造呀，你就變得了無情趣。女人最糟就是這一點。她們總要我們變好。我們眞變好了，見到我們，她們反而一點也不愛我們了。她們其實希望我們壞得不可救藥，結果卻害我們好得全不可愛。

達大人：（在臺右桌前寫完了信，起身）她們總覺得我們很壞！

鄧　比：我不認爲我們很壞。我認爲我們都很好，除了老公羊。

達大人：也不是，我們全掉在陰溝裏，可是有些人卻仰望著星光。

（坐在臺中央桌旁。）

鄧　比：我們全掉在陰溝裏，可是有些人卻仰望著星光呀？眞是的，達林頓，今晚你倒浪漫得很。

格瑞安：太浪漫了！你一定是在戀愛。那小姐是誰？

達大人：我愛的女人身不由己，或者自以爲身不由己。（說著，不由瞥了溫德米爾勳爵一眼。）

格瑞安：那麼，是有夫之婦了！天下沒有比結了婚的女人更認眞的了。這種事情，做丈夫的一點也不懂。

達大人：哦！她並不愛我。她是個好女人。我一生只見過這麼一個好女人。

格瑞安：你一生只見過這麼一個好女人？

達大人：對！

格瑞安：（點一枝煙）哼，算你運氣好！唉，好女人我見過千百個。我好像從來沒見過女人是不好的呢。世上的好女人簡直是滿坑滿谷。認識好女人，已成了中產階級的一種教育了。

達大人：這個女人純潔而又天眞。我們男人喪失的一切，全在她的身上。

格瑞安：好小子，我們男人戴著純潔和天眞滿街跑，究竟有什麼用處呢？好好挑一朵花戴在衣襟上，管用得多了。

鄧　比：那她眞的不愛你啊？

達大人：對啊，她根本不愛我。

鄧　比：恭喜你了，好小子。世上只有兩種悲劇。一種是求而不得，另一種是求而得之。後面這一種慘多了；後面這一種才是眞正的悲劇！不過聽你說她不愛你，我倒很感興趣。對於不愛你的女人，你能愛她多久呢，賽西爾？

格瑞安：對不愛我的女人嗎？哦，愛她一輩子！

鄧　比：我也是。可是這種女人難得一見。

達大人：你怎麼這樣自負呢，鄧比？

鄧　比：我說這話，不是自負，而是自恨。我一直被女人發狠地、發瘋地愛著。眞令人難過，無聊極了。但願能讓我偶爾留一點時間給自己。

奧大人：（回顧）留點時間來教育你自己吧。

鄧　比：不，留點時間來忘掉我學會的一切。老公羊，這一點更加重要。（奧古斯都動爵在椅上不安地扭動。）

達大人：你們這批犬儒派的傢伙！

格瑞安：犬儒派是怎麼一回事啊？（坐在沙發背上。）

達大人：這種人什麼東西都知道價錢，可是沒一樣東西知道價值。

格瑞安：而傷感派呢，我的好達林頓，什麼東西都看得出荒謬的價值，可是沒一樣東西知道市價。

達大人：賽西爾，你總是逗人開心。聽你的高論，倒像是經驗老到。

格瑞安：我正是如此。（走向臺後方，直到壁爐前。）

達大人：你太年輕啦！

格瑞安：大謬不然。經驗要看對人生有沒有直覺。我有。老公羊沒有。老公羊把自己犯的錯，全叫做經驗。如此而已。（奧古斯都動爵憤然回顧。）

鄧　比：每個人犯了錯，都自稱是經驗。

格瑞安：（背著壁爐站立）什麼錯誤都不該犯的。（看到沙發上溫德米爾夫人的扇子。）

鄧　比：要沒有錯誤，人生就太無聊了。

格瑞安：你對於自己愛上的這個女人，這個好女人，達林頓，想必是非常忠貞的啦？

達大人：賽西爾，你要是眞愛上一個女人，就覺得世界上所有的女人都變得毫無意義了。愛情能改變人──「我」已經變了。

格瑞安：哎呀！眞是有趣！老公羊，我有話跟你說。（奧古斯都動爵不加理會。）

鄧　比：跟老公羊談什麼都沒用的。倒不如對一面磚牆去談。

格瑞安：我倒喜歡對一面磚牆說話──世界上只有這東西絕對不會跟

我唱反調！老公羊！

奧大人：嗯，什麼事？什麼事？（起身，走向格瑞安。）

格瑞安：到這邊來。我特別要跟你講。（私語）達林頓一直在說教，講什麼愛情純潔的那一套，可是他房間裏卻一直藏了女人。

奧大人：不會吧，眞是的！眞是的！

格瑞安：（低聲）沒錯，那是女人的扇子。（指指扇子。）

奧大人：（咯咯而笑）天哪！天哪！

溫大人：（走近門口）達大人，現在我眞得走了。你這麼快就要離開英國了，眞掃興。回國的時候一定要來看我們啊！內人和我都隨時歡迎！

達大人：（送溫德米爾勳爵到戲臺的上方）只怕我這一走會去很多年。晚安！

格瑞安：亞瑟！

溫大人：什麼事？
格瑞安：我有句話要告訴你。不行，你得過來！
溫大人：（穿上外套）不行——我走了！
格瑞安：這件事非比尋常。你會很感興趣。
溫大人：（微笑）又是你的胡鬧吧，賽西爾。
格瑞安：不是的！眞的不是。
奧大人：（走向他）好小子，你還不能走。我有許多話要跟你說。賽西爾有樣東西給你看呢。
溫大人：（走過去）哼，什麼東西？
格瑞安：達林頓房間裏有個女人。這是她的扇子。眞有趣吧？（稍停。）
溫大人：好啊！（一把抓住扇子——鄧比起身。）
格瑞安：怎麼啦？

溫大人：達大人！
達大人：（回身）嗯！
溫大人：我太太的扇子怎麼在你房裏？你放手，賽西爾。別碰我。
達大人：尊夫人的扇子？
溫大人：不錯，這就是。
達大人：（走向他）我不知道！
溫大人：你當然知道。我要你解釋。（對格瑞安）別抓住我，你這笨蛋。
達大人：（旁白）她還是來了！
溫大人：說呀，達大人！我太太的扇子憑什麼在這裏？答話呀！我發誓要搜你的房間，要是我太太眞在這兒，我就——（起步。）
達大人：不准你搜我的房間。你沒有資格搜。我不准你！

溫大人：你這混蛋！不搜遍每一個角落，休想我離開！窗簾後面是什麼東西在動？（衝向中央的窗簾。）

歐太太：（從右門上）溫大人！

溫大人：歐琳太太！

（眾人都吃了一驚，轉過頭去。溫德米爾夫人從窗簾背後溜出，潛出左門。）

歐太太：恐怕是我今晚離開府上，一時誤認，錯拿了尊夫人的扇子了。真是抱歉。（從他手裏取走扇子。溫德米爾勳爵對她鄙視。達林頓勳爵的表情兼有驚訝與憤怒。奧古斯都勳爵別過臉去。其餘二人相對而笑。）

——幕 落——

第四幕

布　景：與第一幕相同。

溫夫人：（躺在沙發上）我怎麼能告訴他呢？我不能告訴他。否則我就沒命了。不知道我逃出那可怕的房間以後，情況是如何。也許她對大家說明了她在場的眞正原因，還有那把——我那把要命的扇子眞正的用意。哦，萬一他知道了——我怎麼還有臉見他啊？他再也不會饒我的。（按鈴）我們自以爲日子過得太太平平——誘惑、罪惡、愚蠢，都與我無關。可是突然之間——哦！人生眞是可怕。是人生在支配我們，不是我們在支配人生。

（羅莎莉自右門上。）

羅莎莉：夫人按鈴叫我嗎？

溫夫人：是啊。你弄清楚溫大人昨晚什麼時候回來的嗎？

羅莎莉：老爺一直到五點鐘才回來。

溫夫人：五點鐘。今早他敲過我的房門，是吧？

羅莎莉：是的，夫人——九點半的時候。我告訴老爺說，夫人您還沒醒來。

溫夫人：他怎麼說？

羅莎莉：像是提到夫人您的扇子。我不太聽得懂老爺的話。是扇子掉了嗎，夫人？我找不著，派克也說，哪一間房裏都沒有。他找遍了所有的房間，連露臺也看過。

溫夫人：沒關係。告訴派克，別費事了。你下去吧。（羅莎莉下。）

溫夫人：（起身）她一定告訴亞瑟的。我能想像，一個人做了一件自我犧牲的壯舉，做得自然、率性而又高貴——事後卻發現代價太高了。不是她毀了，就是我毀了，憑什麼她要猶豫呢？……好奇怪啊！我恨不得在自己家裏當衆羞辱她。而她，爲了救我，卻在別人的家裏當衆承擔羞辱。萬事萬物，都隱含辛酸的諷刺，世俗所謂的好女人和壞女人，正是如此……哦，教訓得好！可惜的是，人生的教訓，只有到用不著了，我們才學得會！就算她不說吧，我也非說不可。哦，眞丟人啊眞丟人。說出來，等於是再做一遍。人生的悲劇，先是行動，然後是言語。言語恐怕更慘。言語不留情面……哦！（驚見溫德米爾勳爵上。）

溫大人：（吻她）瑪格麗特——你臉色好蒼白！

溫夫人：我睡得很不好。

溫大人：（和她並坐在沙發上）眞對不起。我回來得太晚了，不想吵醒你。你哭了，親愛的。

溫夫人：是啊，我在哭，因爲我有事要告訴你，亞瑟。

溫大人：乖寶寶，你不舒服啦。這兩天你太忙了。我們還是下鄉去吧。你到了賽爾比，就會好的。社交季節快完了。待在城裏也沒用。可憐的寶貝！今天我們就可以走，只要你高興。（起身）趕三點四十分的火車，毫無問題。我要拍電報給范能。（走到桌前坐下，擬電報稿。）

溫夫人：好吧；就今天走吧。不行；亞瑟，今天我不能走。下鄉之前，我得先見一個人——她對我很好。

溫大人：（起身，然後從沙發背後向前探身）對你很好？

溫夫人：還不止呢。（起身，走向他）我會告訴你的，亞瑟，只要你愛我，像從前那樣愛我。

溫大人：像從前那樣？你不會又想起昨晚來的那個鬼女人吧？（繞過沙發，坐在她右邊）你總不會還在疑神疑鬼——不會吧，你不會的。

溫夫人：我沒有啦。我知道我錯了，我眞蠢。

溫夫人：昨晚你能接待她，眞是好心——以後可別再見她了。

溫夫人：你爲什麼這樣說？（稍停。）

溫夫人：（握住她的手）瑪格麗特，我本來還以爲像歐琳太太這種女人啊，不過是像俗話裏所說的那樣，受罪還比犯罪多。我還以爲她有心向善，只想恢復因爲一時糊塗而失去的地位，重新規矩做人呢。我信了她的話——我看錯人了。她是壞——女人裏頭最壞。

溫夫人：亞瑟呀亞瑟，無論什麼女人，都別把人家說得這麼刻毒。現在我可不相信，能把人分成善惡，儼然像兩種不同的種族或是生物。所謂好女人，也可能隱藏著可怕的東西，諸如輕率、武斷、妒忌、犯罪之類的瘋狂心情。而所謂壞女人呢，心底也會有悲傷、懺悔、憐憫、犧牲。我可不認爲歐琳太太是個壞女人——我知道她不是。

溫夫人：乖寶寶，那女人簡直不堪。不管她要怎麼害我們，你都不可以再跟她見面。什麼人家她都不配去。

溫夫人：可是我要見她啊。我要她來這兒。

溫大人：絕對不行！

溫夫人：以前她來做「你的」客人。現在她必須來做「我的」客人。這才公平呀。

溫大人：她根本就不該來的。

溫夫人：（起身）現在才這麼說，亞瑟，太遲了。（走開。）

溫大人：（起身）瑪格麗特，要是你知道，歐琳太太昨晚離開我們家以後又去了哪裏，你就不屑和她同房共席了。簡直是寡廉鮮恥，這整個事件。

溫夫人：亞瑟，我再也受不了了。我必須告訴你。昨晚哪——

（派克持托盤上，呈遞溫德米爾夫人的扇子，還有一張名片。）

派　克：歐琳太太來訪，昨晚她誤拿了夫人您的扇子，特來奉還。歐琳太太的名片上還有附言。

溫夫人：哦，請歐琳太太勞駕上這邊來吧。（看名片）說我歡迎她光臨。（派克下）她要來見我呢，亞瑟。

溫大人：（取閱名片）瑪格麗特，「求求」你，別見她。無論如何，讓我先去見她吧。這女人非常陰險。我見識過的女人，數她最陰險了。你根本不知道輕重。

溫夫人：我應該見她，不會錯的。

溫大人：寶寶，你再走一步就可能大禍臨頭。不要自討苦吃了。你見她以前，絕對有必要讓我先見她。

溫夫人：憑什麼有此必要？

（派克上。）

派　克：歐琳太太來訪。

（歐琳太太上。派克下。）

歐太太：溫夫人，您好。（對溫德米爾勳爵）您好。您知道嗎，溫夫人，爲了您的扇子我有多抱歉。眞不懂我怎麼會錯得這麼離譜。實在蠢透了。既然我順路車過，一想，還不如乘機親自奉還您的寶貝，爲我的粗心大意鄭重致歉，同時也來辭行。

溫夫人：辭行？（和歐琳太太緩步向沙發，陪她坐下）那你是要遠行囉，歐琳太太？

歐太太：是呀；我準備再定居國外。英國的氣候我不適應。在國內我的——心臟會受影響，我很擔心。我寧願住到南方去。倫敦的霧跟正人君子太多了，溫大人。到底是霧帶來了正人君子，還是正人君子帶來了霧，我不知道，可是這一套啊煩死人了，所以今天下午我就搭俱樂部包的火車走了。

溫夫人：今天下午？本來我好想來拜訪你的。

歐太太：您太客氣了！只怕我非走不可。

溫夫人：歐太太，我再也見不到你了嗎？

歐太太：只怕是不行。我們的命天南地北呢。可是有一件小事，希望您成全我。我要一張您的玉照，溫夫人——您可以見贈麼？您不知道，我有了一張會有多高興。

溫夫人：噢，當然可以。那邊桌上就有一張。我去拿給你看。（走向書桌。）

溫大人：（走到歐琳太太面前低語）昨夜胡來還不夠，又闖來這裏，你簡直荒唐。

歐太太：（欣然自得地一笑）我的好溫德米爾，先講禮貌，再論德操！

溫夫人：（回座）恐怕這一張照得太好了——我可沒有這麼漂亮啊。

（遞過照片。）

歐太太：您本人漂亮多了。可是有沒有一張是您本人跟小男孩合照的呢？

溫夫人：有啊。你比較喜歡這樣的一張嗎？

歐太太：是啊。

溫夫人：我就去拿給你吧，失陪一下。我樓上有一張。

歐太太：眞抱歉，溫夫人，讓您這麼麻煩。

溫夫人：（走向右門）哪裏話，歐琳太太。

歐太太：眞多謝。

（溫德米爾夫人從右門下。）

歐太太：今早你似乎有點脾氣，溫德米爾。何必呢？瑪格麗特跟我很合得來呀。

溫大人：我可見不得你跟她在一起。再加，歐琳太太，你還沒有把眞相告訴我呢。

歐太太：你是說，我還沒有把眞相告訴「她」吧。

溫大人：（站在臺中央）有時候眞恨不得你告訴過她了。那樣的話，這六個月來的痛苦、焦慮、煩惱，我也就不必受了。只爲了不讓我太太知道——從小，大人就教她相信已經死了的母親，她曾經哀傷悼念的亡母，其實還活著，其實是一個離婚、化了名，到處活動的女人，一個在世間巧取豪奪的壞女人，正如我現在把你看透的這樣——只爲不讓她知道這些，我甘願供給你金錢，去付一張又一張的帳單，買一件又一件的奢侈品，還得擔當像昨天那樣的風險，跟我太太生平第一次吵架。你不懂這件事對我有多重大。你憑什麼會懂呢？可是告訴你吧，她那張甜嘴吐出來的氣話，全都是維護你的，我眞不甘心看你跟她在一起。你玷污了她內心的清純。（緩步到臺左中央）還有，我以前總認爲，不管你有多少缺點，你還是坦誠而光明的。你不是這樣。

歐太太：爲什麼你這樣說呢？

溫大人：你逼迫我給你請帖，來參加我太太的舞會。

歐太太：參加我女兒的舞會——不錯。

溫大人：你來了，可是你走出我家還不到一個鐘頭，又在一個男人的寓所給人撞見——在衆人的面前丟盡了臉。（走到臺中央。）

歐太太：沒錯。

溫大人：（轉身厲色對她）所以我有資格看穿你的眞面目——一個卑鄙的壞女人。我有資格不許你再踏進我家，不許你再千方百計來接近我太太——

歐太太：（冷然）你是說，我女兒。

溫大人：你沒有資格認她做女兒。早在她睡搖籃的時代，你就離開了她，拋棄了她，去投奔你的情人，而結果卻被你情人拋棄。

歐太太：（起身）我被人拋棄，溫大人，你認爲是他對呢，還是我對？

溫大人：他對，因爲我看透了你。

歐太太：你小心點——你說話還是小心點好。

溫大人：哼，我才不對你講客套話呢。我把你看得一清二楚。

歐太太：（對他熟視）我看未必。

溫大人：我「當然」看透了你。你這一輩子，足足有二十年不跟你孩子在一起，也從來沒想到你孩子。忽然有一天你看報，知道她嫁了一個有錢人。你發現這是你要賴的機會。你知道，爲了不讓她蒙羞，不讓她發現，自己的母親竟然是你這樣的女人，我什麼都可以忍受。於是你開始敲詐。

歐太太：（聳肩）不要說得這麼難聽吧，溫德米爾。太不文雅了。沒錯，我看準機會來了，就一把抓住。

溫大人：是啊，給你抓住了——而昨晚被人撞見，又給你毀掉了。

歐太太：（帶著奇異的笑容）你說的一點不錯，我昨晚全毀掉了。

溫大人：至於你在我家拿錯了我太太的扇子，然後又隨手掉在達林頓的房裏，更是不可原諒。我已經見不得這把扇子了，更不願我太太拿來使用。在我眼裏這東西已經髒了。你應該自己留下，不該送回來的。

歐太太：我想我是該留下。（走向戲臺後部）眞是漂亮極了。（拿起扇子）我會請求瑪格麗特把它送給我。

溫大人：但願我太太會送給你。

歐太太：哦，我敢說她不會不肯的。

溫大人：每天晚上她在禱告以前，都會吻一張小畫像——畫的是一位表情天眞的少女，一頭美麗的「黑」髮；但願她把這東西也一併送給你。

歐太太：啊，是的，我還記得。似乎好久以前了。（走向沙發，坐下）那是我結婚以前畫的。黑頭髮和天眞的表情當時正流行，溫德米爾！（稍停。）

溫大人：你今早來這裏是什麼意思呢？你有什麼目的呀？（走到臺左中央，坐下。）

歐太太：（語調帶著自嘲）來告別我的寶貝女兒呀，當然。（溫德米爾動爵憤然咬住下唇。歐琳太太正視著他，聲音和態度變得嚴肅。她滔滔地說下去，語調裏透出深沉的悲劇。一時之間她流露出本色）哦，別以爲我會鬧出什麼悲慘的場面，伏在她肩上哭訴，說我是誰，諸如此類情形。我並不奢望要扮演什麼母親的角色。一輩子只有一次，我體會了做母親的心情。那就是昨夜。那種心情太可怕了——令我痛苦，痛苦得受不了。整整二十年了，你說的，我的生活裏沒有孩子——以後我仍然不想帶著孩子生活。（輕笑一聲以掩飾心情）何況啊，我的好溫德米爾，我憑什麼帶著一個成年的女兒，擺出做母親的姿態呢？瑪格麗特已經二十一歲了，而我呢一直還沒有承認自己已經過了二十九，或至多三十。二十九歲還有點紅暈，一到三十就消失了。所以你看，這會牽扯多少麻煩。算了吧，就我而言，還不如讓你的夫人去懷念那位純潔的亡母。我憑什麼去干擾她的幻覺呢？我發現，要保住自己的幻覺，已經夠難的了。昨晚我已經失去了一個幻覺。以前我認定自己沒有心肝。現在我發現自己有了，而這副心肝跟我不合，溫德米爾。不曉得爲什麼，心肝這東西呀，跟現代的衣裝不合，也令人看老。（從桌上拿起手鏡自照）而且啊，人有心肝，在緊要關頭就會斷送自己的前途。

溫大人：你令我滿心厭惡——厭惡透頂。

歐太太：（起身）我猜啊，溫德米爾，你恨不得我能遁入修道院裏，或者進醫院去做護士，諸如此類下場，像愚蠢的現代小說裏那些人物那樣。你這麼想就太笨了，亞瑟；在現實生活裏，這種事我們不做的——至少在風韻猶存的時候，不甘去做。不會的——這年頭啊令人安慰的不是懺悔，而是尋歡作樂。懺悔啊早過時了。更何況，一個女人要是眞懺悔，就勢必去找一個低級的裁縫，否則誰也不相信她。無論是誰，都休想勸我幹這種事。算了吧；我就要完全退出你們兩人的生命了。當初進入你們的生命，早就錯了——這道理我昨晚已想通了。

溫大人：錯得要命。

歐太太：（微笑）差點要命。

溫大人：現在我眞可惜，當初沒有原原本本，一口氣告訴了我的太太。

歐太太：我懊悔做了壞事。你懊悔做了好事——我們的差別在此。

溫大人：我不信任你。我「要」告訴我太太。最好還是讓她曉得，而且由我親口來說。她會痛苦萬分——也會無比地受辱，可是天公地道，她應該知道。

歐太太：你眞打算告訴她嗎？

溫大人：我是準備要告訴她。

歐太太：（走到他面前）如果你眞說了，我就會做出聲名掃地的事來，令她一輩子沒好日子過。這一來會毀了她，害死了她。如果你眞敢對她說，那麼，再深的墮落我也敢往裏跳，再大的恥辱我也敢往裏闖。你不可以告訴她——我不准。

溫大人：爲什麼？

歐太太：如果我對你說，我關心她，甚至也愛她——你就會嘲笑我，對嗎？

溫大人：我會覺得你在說假話。母愛的意義是專一、無我、犧牲。你憑什麼會了解這些呢？

歐太太：你說得不錯。我憑什麼會了解這些呢？所以我們別再談這件事了——至於把我的身分告訴我女兒，我可不允許。這是我的秘密，不是你的。如果我下定決心要告訴她，我想我會的，我就會在離開府上之前先告訴了她——否則的話，我就絕口不再提。

溫大人：（憤然）那就求求你，立刻離開我家吧。我代你向瑪格麗特致歉好了。

（溫德米爾夫人從右門上。她手裏拿著照片，一直走到歐琳太太面前。溫德米爾勳爵移到沙發背後，不安地觀察著歐琳太太，靜待情況發展。）

溫夫人：歐琳太太，眞抱歉，讓你久等了。我到處都找不到這張照片。最後還是在我丈夫的化妝室裏發現的——是他偷走的。

歐太太：（從她手中接過照片細看）怪不得他——太可愛了。（和溫德米爾夫人一同走向沙發，坐在她的身旁。再看照片）原來這就是您的小男孩！叫什麼名字呢？

溫夫人：吉瑞德，跟著我父親取的。

歐太太：（放下照片）眞的？

溫夫人：是啊。如果生的是女孩，我就會用我母親的名字來取。我母親的名字跟我一樣，叫瑪格麗特。

歐太太：我的名字也叫瑪格麗特。

溫夫人：眞巧！

歐太太：是啊。（稍停）您的丈夫對我說，溫夫人，說您對母親的懷念很深。

溫夫人：每個人都有人生的理想。至少每個人都應該有。我的理想就是我母親。

歐太太：理想是危險的東西。還是現實比較好。儘管現實會傷人，還是好過些。

溫夫人：（搖頭）如果我失去了理想，就會失去一切。

歐太太：失去一切？

溫夫人：是啊。（稍停。）

歐太太：您父親以前常對您提起您母親嗎？

溫夫人：沒有，這件事令他太痛苦了。他說，我生下來才幾個月，我母親就去世了。他說著說著，就流淚了。然後他又要求我，以後在他面前，千萬別再提母親的名字。就連聽到那名字，也令他痛苦。我的父親——我父親的確是傷心死的。我沒見過誰一生比他更落魄潦倒。

歐太太：（起身）溫夫人，恐怕我現在得走了。

溫夫人：（起身）哦不要，不要走。

歐太太：我想我還是就走吧。我的馬車此刻想必回來了。剛才我派去賈德保夫人那邊送封信的。

溫夫人：亞瑟，請你去看看歐琳太太的馬車回來了沒有，好吧？

歐太太：請別費事了，溫大人。

溫夫人：好了，亞瑟，勞駕去吧。

（溫德米爾勳爵猶豫了片刻，然後又注視歐琳太太。她毫無反應。他走出房去。）

溫夫人：（對歐琳太太說）哦！我該怎麼說呢？昨晚你救了我。（走向她。）

歐太太：噓——別提了。

溫夫人：我非提不可。總不能讓你以爲，我會平白接受你的犧牲呀。我不會。這犧牲太重大了。我要把一切都告訴我丈夫。這是我的責任。

歐太太：這不是你的責任——至少，在他以外你對別人還有責任呢。你說你欠了我的情是嗎？

溫夫人：我欠你的太多了。

歐太太：那就用沉默來償還吧。只有這辦法你可以還債。我平生做過的這一件好事，你可別說出去，把它糟蹋了。答應我，昨晚發生的事情，永遠是我們共有的秘密。你千萬不可以把災難帶進你丈夫的生命。憑什麼要糟蹋他的愛呢？千萬不可以糟蹋啊。要斷送愛情，太容易了。哦！好容易斷送啊，愛情。向我發誓，溫夫人，說你永遠不會告訴他。你一定要做到。

溫夫人：（低頭）這可是你的心願，不是我的。

歐太太：不錯，這是我的心願。還有，千萬別忘了你的孩子——我喜歡把你想成一位做母親的，也希望你把自己想成是做母親的。

溫夫人：（擡頭）從現在起我永遠記得了。生平就這麼一次，我忘了自己的母親——就是昨晚。哦，如果我那時記起她來，就不會那麼蠢、那麼壞了。

歐太太：（微顫）噓，昨晚的事早過去了。

（溫德米爾勳爵上。）

溫大人：歐琳太太，你的馬車還沒回來呢。

歐太太：沒關係。我可以叫一輛雙輪小馬車。世界上沒有什麼東西比一輛蘇式伯瑞的好車更體面的了。現在，親愛的溫夫人，恐怕眞得告辭了。（走到臺中央）哦，我記起來了。您會覺得我滑稽吧，可是您知道嗎，我已經愛上這把扇子了；昨晚也眞糊塗，竟然從您的舞會上把它匆匆帶走了。哎，不知道您可願意送給我？溫大人說您可以送。我明白這是他的禮物。

溫夫人：哦，當然了，只要它能逗你開心。不過上面有我的名字。上面刻著「瑪格麗特」呢。

歐太太：可是我們的教名是一樣的呀。

溫夫人：哦，我忘了。那當然，就收下吧。眞巧極了，我們竟然同名！

歐太太：太巧了。謝謝您——見到扇子，我就會想起您。（和她握手。）

（派克上。）

派　克：奧古斯都勳爵來訪。歐琳太太的馬車到了。

（奧古斯都勳爵上。）

奧大人：早安，好小子。早安，溫夫人。（見到歐琳太太）歐琳太太！

歐太太：您好，奧大人？今早您很不錯吧？

奧大人：（冷然）很不錯，謝謝你，歐琳太太。

歐太太：您的臉色一點也不好呢，奧大人。您睡得太晚了——對身體很不好啊。您實在應該多多保重。再見，溫大人。（對奧古斯都勳爵頷首，走向門口。忽然綻開笑容，向他回顧）奧大人！勞駕您送我上馬車好嗎？您可以幫忙拿扇子。

溫大人：讓我來！

歐太太：不行；我要奧大人。我有封專函要給公爵夫人。您拿扇子好嗎，奧大人？

奧大人：只要你眞用得著我，歐琳太太。

歐太太：（笑了起來）當然要您幫忙了。由您來掌握，一定高雅。無論您掌握什麼，親愛的奧大人，都同樣高雅的。

（她走到門口，回顧了溫德米爾夫人一眼。兩人目光交接。然後她轉過身去，由中門下，後面跟著奧古斯都勳爵。）

溫夫人：你再也不會說歐琳太太的壞話了吧，亞瑟？

溫大人：（正色）她比大家所想的是要好些。

溫夫人：她比我還要好些。

溫大人：（笑撫她的頭髮）寶寶，你跟她在兩個不同的世界。你的世界裏根本闖不進罪惡。

溫夫人：別這麼說吧，亞瑟。芸芸衆生共有的是同一個世界，善與惡、罪過與天眞，都難分難解，在塵世裏走過。爲了過太平日子，就閉起眼睛，漠視另一半的人生，這種態度，等於自甘淪爲瞎子，只爲安然走過遍地的陷阱和懸崖。

溫大人：（陪她緩步走向臺前）寶貝，你說這些做什麼？

溫夫人：（坐在沙發上）因爲我一直閉眼不看人生，曾經走到了絕境。而一個曾經把我們分開的人——

溫大人：我們從未分開過。

溫夫人：我們絕不再分開。哦，亞瑟，只要你不少愛我，我就會更信任你。我會完全信任你。我們去賽爾比鄉下吧。賽爾比的玫瑰園裏，此刻正開滿白花跟紅花。

（奧古斯都動爵由中門上。）

奧大人：亞瑟，她把一切都解釋清楚了。（溫德米爾夫人聞言，大驚失色。溫德米爾動爵也一驚。奧古斯都動爵拉著溫德米爾動爵的手臂，把他帶到臺前。他說得又快又低。溫德米爾夫人站在後面，悚然注目）好小子，她把該死的前因後果都解釋清楚了。大家完全冤枉了她。她去達林頓的寓所，全是爲了我呀。先去俱樂部找我——其實，是要回我的話，免得我等得心焦——聽說我剛走——就趕了過去——後來聽到我們一大夥人進門，自然嚇倒了——就躲到隔壁房間去——你放心，我是夠滿意的了，對整個事件。大家對她都太野蠻了。她正是我要的女人，什麼都合我意。她只提出一個條件，就是住家要遠離英國。這也很好。該死的俱樂部、該死的天氣、該死的廚子、該死的一切。早就煩死了！

溫夫人：（吃驚）歐琳太太已經——？

奧大人：（走向她，深深鞠躬）是呀，溫夫人——歐琳太太眞賞臉，已經答應我求婚了。

溫大人：哼，你眞是娶了一個絕頂聰明的女人！

溫夫人：（握住丈夫的手）啊，你眞是娶了一個絕頂善良的女人！

——幕　落——

一九九二年二月一日譯畢

余光中作品集 20

溫夫人的扇子

Lady Windermere's Fan

作者　王爾德(Oscar Wilde)

譯者　余光中

責任編輯　施舜文

創辦人　蔡文甫

發行人　蔡澤玉

出版發行　九歌出版社有限公司

臺北市105八德路3段12巷57弄40號

電話/02-25776564・傳真/02-25789205

郵政劃撥/0112295-1

九歌文學網　www.chiuko.com.tw

印刷　晨捷印製股份有限公司

法律顧問　龍躍天律師・蕭雄淋律師・董安丹律師

初版　2013(民國102)年10月

(本書曾於1992年10月由大地出版社印行)

定價　220元

書號　0110220

ISBN　978-957-444-903-3

(缺頁、破損或裝訂錯誤,請寄回本公司更換)

國家圖書館出版品預行編目資料

溫夫人的扇子 / 王爾德(Oscar Wilde)著 ; 余光中
譯. -- 初版. -- 臺北市 : 九歌, 民102.10
面 ;　　公分. --（余光中作品集 ; 20）
譯自：Lady Windermere's Fan
ISBN　978-957-444-903-3（平裝）

873.55　　　　　　　　　　　　　102015991